ABSOLU

Dialogue

Abbé Pierre-Albert Jacquard

animé par Hélène Amblard

ABSOLU

Éditions du Seuil

CE LIVRE A ÉTÉ ÉDITÉ
SOUS LA DIRECTION DE NICOLE VIMARD

ISBN 2-02-025812-9
(ISBN 2-02-020099-6, 1re publication)

Absolu ?

ABBÉ PIERRE : L'absolu est le genre de sujet devant lequel il faudrait se taire.

ALBERT JACQUARD : C'est un mot terrible ; mais, aussitôt, je me raccroche aux branches mathématiques, et je rencontre le mot « infini »…

ABBÉ PIERRE : L'année où j'ai préparé ce que l'on appelait encore le bac de philo, tandis que certains de mes amis suivaient « Math Élem », j'avais eu une sorte de tentation devant la satisfaction de connaissance que peut représenter la rigueur mathématique des relations entre les nombres. Ma notion se borne à cette intuition : un moment de vertige très passager.

ALBERT JACQUARD : Parler de l'infini, c'est aussi évoquer l'inaccessible. Curieusement, cette notion avait été introduite deux fois en mathématiques. La première, lorsque l'on a compté de un à l'infini ; la seconde, lorsque l'on a envisagé un morceau de droite composé d'une infinité de points. La rigueur a été prise en défaut car on croyait recourir au même concept. Il a fallu attendre le siècle dernier pour que le mathématicien Cantor démontre qu'il s'agit de deux notions différentes, la seconde étant « infiniment » plus riche que la première. On peut fabriquer ainsi des infinis successivement imbriqués les uns dans les autres. Quand on raisonne sérieusement, l'infini apparaît très loin de l'absolu, puisque l'on peut en concevoir autant que l'on en veut. En fait, le cheminement intellectuel rigoureux du mathématicien débouche sur l'incapacité à saisir le mot « absolu ».

ABBÉ PIERRE : On nous dit que deux lignes droites se rencontrent à l'infini. Je n'ai jamais compris ce que voulait dire cet axiome de mathématiques ?

ALBERT JACQUARD : Et, au fond, il ne veut rien dire. Je crois que c'est une fuite devant « jamais ». Si loin que vous alliez, vous ne trouverez pas un point de rencontre. De même, si loin que vous alliez dans la suite des nombres, il s'en trouvera toujours un suivant.

ABBÉ PIERRE : Ce qui signifie que ces parallèles ne se rencontreraient que si l'infini…

ALBERT JACQUARD : En fait, il ne faudrait plus employer le mot « infini ».

ABBÉ PIERRE : C'est un « non-mot » !

ALBERT JACQUARD : C'est un non-nombre. Si l'on pense aux points composant un cercle, ce n'est même plus un nombre. C'est tellement profond que Cantor en est devenu fou : il est mort de chercher à préciser ces concepts d'infinis emboîtés : pour supprimer le mot « absolu », j'étais passé par les mathématiques qui m'apportaient un confort provisoire, mais il est illusoire !

HÉLÈNE : Tentons quand même : vous avez chacun une approche de l'« absolu » ?

PIERRE : *Absolutus*, en latin, signifie entre autres « achevé » ; ce à quoi rien ne peut être ajouté. C'est l'« Être » absolu. On revient au mot, qui veut dire également « délié », d'où absolution. On y trouve la négation du lien, en même temps que la notion de *surgere*, la source…

ALBERT : Une dynamique !

PIERRE : Les mots avec lesquels, pour être pratiques,

on exprime une réalité qui ne peut que nous être révélée me font horreur. S'il n'y avait eu ni Être ni cause d'être, il n'y aurait jamais eu d'êtres. Or, des êtres sont, donc l'Être est. Donc, « Il » est sans origine, sans « avant », sans commencement ; et si un « avant » l'avait précédé, c'est de « rien », qu'il s'agit. La raison peut nous conduire à cette notion d'Être absolu. Nous pouvons concevoir que tout mot ajouté le mutile ; plus j'ajoute de qualificatifs, plus je délimite, plus je réduis. Au mot « Être », je ne peux rien ajouter, excepté le mot « Amour » qui, par l'expérience que nous en avons, rend l'Être diffusif de soi. C'est le propre de l'amour, qui fait être plus hors de soi, alors que la connaissance intellectuelle conduit à construire une image des choses que nous installerons en nous. Nous ne pourrons pas mettre en nous l'Absolu ; le récipient est trop petit. Nous ne pouvons l'atteindre qu'en nous donnant. Mais en lui-même, si l'Éternel, si l'Être est Amour, c'est, je pense, un domaine de révélation. S'Il est Amour, Il est, nécessairement, se disant. Mais l'artiste qui pourrait tout dire en une œuvre n'en ferait pas deux, donc le Verbe dans lequel se dit l'Éternel est unique, mais il ne peut pas ne pas être dans l'adoration mutuelle ; car chacun voit en l'autre la plénitude de perfection : le Père la voyant dans le Verbe dans lequel il s'est « tout » donné, le Verbe voyant la perfection du Père, par qui il a été donné. Et ces deux adorations, comme dit le « credo », font, comme un vent, procéder l'Esprit, « et du Père, et du Fils ». Je rêve qu'après la chamaillerie sur le *« filioque »* un concile dise : « et procédant du Père et du Verbe s'aimant ». *Spiritus*, c'est le vent, le souffle d'Amour. Qu'est-ce que le vent, s'il cesse de bouger ? Il n'a point d'être. Ce sont des images pour utiliser des mots d'hommes. Le mot « Trinité » est un mot froid. Je suis désolé de n'avoir rien trouvé à lui substituer pour dépasser ce qu'il a de rebutant dans son abstraction apparente. Quiconque entendant ce mot se trouve comme face à n'importe quel Amour. Mais devant de l'Amour, quelque chose, un écho, se fait en nous ! C'est notre relativité, au sens de ce qui n'est pas sans une relation. Le relatif ne peut prendre conscience de lui-même que par la relation avec d'autres ; une relation tendant à l'Absolu.

HÉLÈNE : Pour vous, c'est en même temps une source, un jaillissement et une plénitude au sens d'une fin ?

PIERRE : Voilà. Et dans l'immuable ; parce que l'Absolu n'a pas d'espace.

ALBERT : Alors, le temps, là, au milieu... On ne voit plus comment il pourrait y avoir une dynamique ! En vous écoutant, je me dis que j'avais mal compris le mot « monothéisme ». Au fond, il n'est pas satisfaisant. Dire « il n'y a qu'un seul Dieu » serait réducteur : il n'est pas un, seul, au milieu du monde, il est la totalité.

PIERRE : Et moi, je barre, dans mon bréviaire, tous les articles, les qualificatifs. Pour dire autre chose que le mot « Dieu », qui, lui aussi, est fatigué, j'emploie l'expression « l'Éternel qui est Amour » ; non pas « Il aime », mais « Il est Amour » : c'est sa substance.

HÉLÈNE : Cet absolu dépasse la notion même de croire en Dieu !

PIERRE : Cela dépend de ce que l'on entend par « Dieu ». Il faudrait aussi définir le mot « croire ». A une émission de télévision, je me suis trouvé face à Froissard. En lisant son livre, j'avais sauté au plafond. Je le lui ai dit. A la fin de son ouvrage, il a écrit : « Mes frères évêques, mes Révérends, Dieu merci, depuis le concile, vous vous occupez davantage des pauvres. Mais, de grâce, ne l'oubliez pas, dans un monde comme le nôtre, le plus pauvre des pauvres, c'est Dieu. » C'est une très belle phrase, qui, à elle seule, valait le livre. Malheureusement, je l'avais ouvert. Au premier chapitre, quand j'ai lu : « Je suis entré dans une église et j'ai entendu le prédicateur qui parlait de "Dieu inconnaissable". Je me suis demandé si j'étais bien dans une église catholique », je me suis précipité sur le *Nouveau Grand Catéchisme* pour voir si, à mon insu, on aurait remplacé le premier mot du credo, « je crois », par « je connais ». Or, le mot n'a pas changé. Croire est une forme de connaissance, mais elle ne suffit pas : il est tout à fait admissible de dire que Dieu est « inconnaissable ». La connaissance est maître en nous. Il n'est connaissable qu'en se donnant par ce que l'on appelle l'extase ; la sortie de soi.

HÉLÈNE : Après la feinte par l'infini du mathématicien et la tentative de l'abbé Pierre, quelle serait la définition de l'absolu, pour Albert Jacquard ?

ALBERT : Je ne peux pas en avoir. Je me dis que mon activité est d'utiliser mon cerveau pour essayer de m'approcher de la réalité du monde et de m'amuser beaucoup. Je ne peux pas la reconstruire telle qu'elle est, mais au moyen de modèles réduits je peux prévoir certains des événements de la nature. On est tout content d'avoir pu s'approcher de la réalité en annonçant une éclipse de lune qui se produit effectivement, donc de vérifier que notre modèle mathématique « colle ». Mais il ne coïncide jamais tout à fait ! Le mot « absolu » n'est absolument pas scientifique. La science ne peut qu'être relative à une connaissance provisoire et à une activité intellectuelle qui lui permettent, en utilisant des concepts qui s'enrichissent peu à peu et sans fin, d'approcher la réalité. La science du XXe siècle nous a débarrassés d'une croyance consistant à imaginer qu'un jour on connaîtrait tout. Songez qu'à la fin du XIXe siècle l'un des meilleurs physiciens disait : « La physique, maintenant, c'est fini ; on sait pratiquement tout. » Peu après, on découvrait la radioactivité qui remettait tout en question. Il y a bien plus profond, et on en parle rarement : la découverte, au XXe siècle, que la logique humaine ne sera jamais finie. Nécessairement, chaque fois que nous faisons un discours en respectant une logique, nous la définissons en admettant : « Je n'ai pas le droit de dire une chose et son contraire. » On a cru que les règles de la logique permettraient toujours de dire, devant une affirmation, « c'est vrai » ou « c'est faux ». Deux plus deux, c'est vrai, font quatre. Mais le théorème de Gödel, un théorème essentiel de ce siècle, me dit : quelle que soit la richesse de l'arsenal de règles logiques acceptées, il y aura toujours des affirmations ni vraies ni fausses, que l'on appelle aujourd'hui indécidables. Je peux essayer de la cerner tant que je pourrai ; je peux avancer sans fin vers elle, mais la réalité m'échappera toujours. Plus fondamental : quelle que soit ma richesse en règles de logique, il se trouvera toujours des affirmations toutes simples, dont je ne pourrai jamais démontrer qu'elles sont vraies ou fausses. L'un soutiendra le « vrai », l'autre le « faux », et il faudra ajouter un axiome pour décider. Cet axiome supplémentaire sera arbitraire : l'absolu, pour un scientifique, est donc un concept définitivement impossible à manipuler. Mais le scientifique est aussi un homme ou une femme ; il a absolument besoin d'absolu. Ce n'est pas dans la science qu'il le trouvera : pour moi, la science est un jeu merveilleux, elle apporte de quoi enrichir une vie, mais elle ne suffit pas à la remplir.

PIERRE : J'emploie volontiers une image : Dieu a fait l'homme à son image... en creux ; comme un sceau dans la cire. Je pourrai ne jamais voir le sceau, mais, si je suis très attentif au creux, à tout ce qui manque, j'ai connaissance du sceau. Or, ce qui manque est infini. Dans la soif de connaissance scientifique comme dans la soif de tendresse, dans l'amour, l'admiration de la beauté ou dans n'importe quelle réalité positive, il y a un manque : « Ça n'est pas satisfaisant. »

HÉLÈNE : L'absolu ne souffrirait-il pas le quotidien ?

PIERRE : L'Absolu, dans le quotidien, est présent, précisément parce qu'il manque. Il est présent en tant qu'absence, en creux, comme je disais. C'est un appel perpétuel hors de toute limite ; une soif de dépassement illimité en tout domaine. Je regardais une définition d'« absolu » : « Ce qui ne supporte ni exception, ni concession, ni imperfection, ni limitation, et par conséquent sans origine. » Car, s'il y avait une origine, il y aurait un « avant » l'origine. C'est très étrange. La première année de mon noviciat dans un petit couvent à Saint-Étienne, il y avait une coutume lorsqu'on prononçait ses premiers vœux avant de s'en aller dans le couvent où l'on dispensait les études. On écrivait au dos d'une image que l'on épinglait dans la petite chapelle quelque chose qui évoquait ce que l'on avait vécu pendant l'année. J'ai écrit simplement : « *O ens* (ô toi qui es), *etiam esto* (oui, sois). » C'était l'adoration devant l'Être en soi, qui n'était pas encore perçu par moi comme « qui est Amour », mais cela impliquait l'adoration totale de l'Être. Dans mes dernières années de collège, j'avais été très attiré par tout ce qui, en philosophie ou en poésie, était plus ou moins panthéisant : le marécage du devenir vague. Puis soudain, au hasard d'une lecture, j'étais tombé sur le récit du dialogue de Moïse au buisson ardent, lorsqu'il entend la voix lui dire : « Va dire aux juifs de quitter l'Égypte », et qu'il répond : « Mais on va me dire : qui t'envoie ?

– Tu leur diras : “JE SUIS” m’envoie vous dire de partir. » On essaie de traduire « Yahvé », mais on ne sait pas quel mot employer. Après une année à ne penser qu’à cela, et avec une forme de joie, j’étais le consentant à l’Être : c’était l’Absolu, qui était en moi déjà Amour, mais pas encore savoir qu’Il est Amour, si ce n’est par ma première éducation. Dans l’ordre de Saint-François-d’Assise où j’avais passé cette année, l’adoration de Jésus-Christ avait eu très peu de place mais l’éducation de toute mon enfance m’en avait imprégné. J’avais pris la décision de devenir moine pour marcher sur ses pas, le faire connaître, mais le point de fixation était autre ; il était : *« O ens, etiam esto »* !

HÉLÈNE : Une étape essentielle, au-delà de l’anecdote biblique que vous connaissiez jusque-là ?

PIERRE : Tout à fait !

ALBERT : Je crois personnellement que je me suis détourné de l’interrogation sur l’absolu, parce que ce n’est pas supportable. Il est tellement plus pratique de vivre dans le monde de la logique, de la connaissance limitée ! On va bien s’amuser à aller un peu plus loin, sachant que cela n’a pas de fin, mais on ne se posera plus la question insupportable : où mène tout cela ? Vous me demandiez : pour vous, l’absolu, cela signifie quoi ? Dans ce cheminement-là, je préfère ne pas y penser. Où est la source ? Qu’importe, du moment que je m’en approche.

PIERRE : C’est inconfortable. Je pense que l’Absolu, face à nous, sera véritablement supportable quand nous serons au-delà du temps. Tant que nous sommes dedans, ce n’est qu’un reflet. Si je regarde une belle nuit étoilée, des fleurs qui s’épanouissent, l’amour de deux fiancés ou le sourire d’un bébé, j’ai des éblouissements supportables. Ce n’est pas le soleil en plein midi. Ce peut être vrai et grand dans la mesure où je me laisse éblouir. Il faudrait que le scientifique éprouve le besoin de se réjouir de la beauté en même temps qu'il fait des équations et des tas de combines de raisonnement. Penser à l'Absolu, c'est savoir que l'on pense l'impensable. Ne pas y penser est comme cette blague, quand on vous dit : attention, n'oublie pas de respirer ! On prend des joies à bûcher, on a une famille, des devoirs à accomplir, mais il ne faut pas oublier de vivre tendu vers l'Absolu. J'ai cette image de la liberté que nous avons, pleine, seuls, de tirer sur la corde pour que la voile soit tendue. Cela ne sert pas à faire avancer le bateau, mais, si la voile n'est pas tendue, le meilleur vent ne peut rien. L'absolu ne distrait pas des tâches à accomplir. Au contraire, il fait avancer avec plus d'exigence.

HÉLÈNE : Vous êtes tous deux pris dans une structure. L'organisation du savoir est une institution ; avec ses subventions, ses logiques et ses renoncements, que l'on a vus désossés à l'occasion du procès du sang contaminé. Du côté de l'Église, les pratiques de chapelle ont souvent gommé d'une autre manière cette affirmation d'absolu. On n'a pas vu l'Église française briller sous l'Occupation dans la dénonciation du nazisme. L'un comme l'autre, vous représentez une démarche qui compose avec un quotidien parfois contraire au progrès partagé, rendu possible par la science, ou par l'Amour, révélé par la foi. Et ce quotidien, il peut aussi vous appartenir de le transformer ?

PIERRE : Le mot « Église » est un des mots fatigués. Si on l'emploie devant vingt personnes, on a vingt concepts différents. Pour les uns, c'est la mère Teresa ; pour les autres, c'est le clocher du village ; pour d'autres, c'est l'Inquisition. Le cardinal Ratzinger est chargé de ne pas laisser passer une imprécision vis-à-vis de la doctrine classique. A l'avant-dernière page d'un livre, il écrit : « C'est une vieille doctrine traditionnelle de l'Église que chaque homme est appelé au Salut, et peut, de fait, se sauver en obéissant avec sincérité à ce que lui dicte sa conscience, même s'il n'est pas un membre visible de l'Église. » Comme Froissart, il ne s'était pas pressé. Le mot « Église » ne désigne donc pas administrativement ceux dont le nom figure sur les listes de baptême d'une sacristie. L'Église, doctrinalement, n'est pas la bureaucratie du Vatican, de tel palais, de tel archevêché ou de tel bureau. C'est une communion de tout être. Saint Paul a beaucoup employé cette image du corps du Christ : Dieu entrant en humanité pour faire entrer l'humain en divinité. Tout être entre en divinité parce qu'il fait ce que sa conscience lui dit être bien, même s'il se trompe terriblement. Un anthropophage peut croire que c'est son devoir et qu'il serait fautif de ne pas manger son prochain. Il se trompe ; à nous d'aller l'aider. Mais il est dans la communauté, il est en communion. Il fait partie de ce corps avec le visible et le non-visible où existe beaucoup plus de non-visible que de visible. Dans l'Église, les circonstances m'ont donné pour supérieur l'évêque de Grenoble, mais on m'a toujours laissé faire ce que je voulais. Lorsque l'on m'a proposé pour la « dignité » de Grand Officier de la Légion d'honneur, j'ai fait une lettre à tous les députés et sénateurs. J'ai reçu un coup de téléphone de l'archevêque de Rouen, président de l'Assemblée des évêques, qui me disait : « Je viens de lire votre lettre, je ne peux pas me retenir de vous dire merci. » Ma lettre disait entre autres choses : « Vous ne vous rendez pas compte qu'en voulant faire votre ville plus belle en crachant de plus en plus loin ceux qui ont de petits moyens, vous êtes en train de faire de vos enfants de petits monstres qui ne connaîtront pas leur peuple et ne se doutent pas qu'il existe des petits garçons et des petites filles aussi dignes qu'eux, qui vivent indignement. Vous préparez une ceinture de bombes autour de la ville. Les "casseurs" peuvent surgir à toute heure ; une bagatelle peut tout déclencher. » Je terminais en disant : « Désolé de refuser cette décoration, mais je ne pourrais l'accepter qu'à deux conditions. L'une concerne la situation actuelle du logement des Français ; des millions de personnes mal logées et quatre cent mille couche-dehors : pire que cent tremblements de terre. Tant que l'on n'aura pas déclaré que nous sommes devant une "catastrophe nationale", je n'accepterai jamais plus une décoration. » Je savais que je n'obtiendrais cela d'aucun gouvernement. Un tremblement de terre est un choc ; les non-logés sont une réalité infiltrée de génération en génération. La seconde condition était que soit créé un Haut Comité de l'habitat, non pas composé des « huiles », de notables, mais de militants. J'ai toujours été un peu marginal. Dans son livre[1], Pierre Lunel soupçonne que, lorsque j'ai été si malade, il y a eu une sorte de conjuration de la hiérarchie pour tenter de faire tomber cette ébullition de l'hiver 1954. C'est vrai. Et je les comprends d'avoir la trouille. Ils se disent : la moindre bêtise qu'il fera est dangereuse. On me dit que mon nom figure au dernier sondage de l'IFOP des gens célèbres. Cela me fait penser à l'histoire de l'an 2000 : une minute avant et une minute après, celui qui avait mal aux dents aura encore mal aux dents. Bien sûr, cela vaut mieux que de se faire rabrouer !

1. Pierre Lunel, *Abbé Pierre : l'insurgé de Dieu*, Paris, Stock / Édition n° 1, 1989.

Hélène : La conscience de l'absolu serait pour vous aller au-delà de la structure de l'Église ou de l'ordre social posé ?

Pierre : Au-delà de tous les codes. Les codes ne sont pas un mal, ils sont simplement des moyens pour que tout un chacun ne se casse pas la figure ; on balise les chemins, mais ça n'empêche pas l'espace d'exister. Une action comme celle de la mère Teresa ne provient pas d'un code, elle explose, elle jaillit. Nous touchons la notion d'absolu qui est : ce qui est libéré de tout lien.

Albert : En fait, le scientifique est aussi dans l'emprise de la société des scientifiques. Je n'ai jamais travaillé dans des secteurs où il fallait beaucoup d'argent. Il n'a donc pas eu de prise sur mon activité. Je constate que le vrai problème est la bienséance. On a une carrière à mener. On est petit chercheur, on espère devenir chef de labo ; pour cela, il faut entrer dans le jeu consistant à se dire qu'on sera le patron. Un peu comme un prêtre qui dirait la messe alors qu'il ne croit plus, on publie des articles pour faire nombre. Progressivement, le bel enthousiasme initial, l'émerveillement pour la beauté de la réalité, se trouve gommé. Pour la question « Combien ai-je fait de publications ? », vous en arrivez à « piquer » dans celles du voisin pour faire croire que ses idées sont de vous. Le ver, dans ce fruit, est peut-être dans le respect d'une structure qui n'existe que parce qu'on la respecte. Quand quelqu'un veut vraiment ruer dans les brancards, il y arrive. L'exemple de Jacques Testart, qui a scandalisé en disant, sans demander la permission, « les recherches que je fais peuvent aboutir à des abominations, donc j'arrête », peut coûter très cher à une carrière. La collectivité des scientifiques est devenue une société de gens de bonne éducation respectant la bienséance et le conformisme, alors que les grandes découvertes sont le fait du non-conformisme.

PIERRE : Je ne sais qui a dit : « L'Histoire est faite de longues obéissances entrecoupées de fracassantes désobéissances. » Le cours de l'Histoire est fait de bienséances entrecoupées de retentissantes désobéissances. Je n'ai pas eu à désobéir dans le sens de ne pas faire ce que l'on m'avait dit de faire, mais j'ai agi. Pendant la guerre, j'étais à deux pas de l'évêché, à la paroisse de Notre-Dame. L'évêque avait été conscrit de Pétain. J'ai dû venir le trouver une nuit après avoir disparu depuis quelques semaines, en lui disant : « Il faut que je disparaisse. » « Si j'avais su que vous commettiez de telles imprudences, m'a-t-il répondu, j'aurais usé de tous les moyens dont je pouvais disposer pour vous en empêcher. » Quand je suis revenu deux ans après, j'avais été arrêté, je m'étais évadé, j'avais été envoyé au Maroc, j'étais allé en Algérie, revenu à Paris… « L'abbé Grouès ! L'abbé Grouès ! » s'est écrié le valet de chambre de Monseigneur en m'apercevant. Il est allé ouvrir la pièce où se tenait le Conseil de l'évêché. Le vieux Mgr Caillot arrive en larmes, me serre dans ses bras : « Mon enfant ! Nous n'en serions pas où nous en sommes, s'il y en avait eu beaucoup comme vous ! »… On a toléré que je sois ainsi hors cadre. Je ne sais pas bien comment l'expliquer. Les autres systèmes fonctionnent probablement de même. Pour les scientifiques, il y a ceux qui sont vraiment esclaves de vouloir faire une carrière et avoir une notoriété exceptionnelle ou je ne sais quoi, mais, au milieu de tout ça, il y a certainement des canards sauvages qui volent à côté du troupeau !… Le système existe, mais il n'est pas vrai qu'il contraint.

HÉLÈNE : Les conséquences ont changé de portée. Autrefois, on pouvait dire que ces codes permettaient au commun des mortels de ne pas se perdre. Aujourd'hui, un respect aveugle des codes, dits et non dits, par des gens dont le devoir est de regarder et de parler a des conséquences dramatiques. Malgré ce constat, la parole ne se trouve pas libérée.

ALBERT : Pour l'affaire du sang, c'est net : il y a eu démission générale. Tout le monde a dit : « Ce n'est pas ma faute », et ça n'a finalement été celle de personne.

PIERRE : Je ne sais pas comment définir dans une affaire comme celle-là où se situe la faute, où est le coupable : pas plus celle qui avait le malheur d'être ministre que la multitude. Cela m'amène à penser que notre système politique, le moins mauvais de ceux que l'on connaît, a-t-on l'habitude de dire, a cette faiblesse terrible : dans bien des postes, on appelle à être ministres des personnes qui n'en ont pas du tout les compétences, et il n'y a pas d'exigence de contrôle sur le choix de leurs collaborateurs. Ils peuvent avoir un flair politique, ce qui n'est pas du tout la même chose que la compétence des armements, de la marine marchande ou de l'agriculture. Qui contrôle s'ils se sont trouvé des collaborateurs capables de dire les choses, quitte à risquer leur poste, plutôt que des pistonnés ou des fils à papa ?

ALBERT : Dans le monde scientifique d'aujourd'hui, l'insurrection de la parole de celui qui sait a rarement lieu. Elle ne consiste pas seulement à dire devant telle théorie mathématique ou telle découverte biologique : « C'est une erreur » ; mais aussi : « Comme citoyen, voilà ce que je pense. » Or, à partir du moment où le scientifique s'exprime en citoyen, on a l'impression qu'il est déjà moins un scientifique : « De quoi vous mêlez-vous ? » A ce moment, il faut bien qu'il dise : « Je ne défends pas ce point de vue en raison de ma discipline, mais en citoyen que mon activité scientifique a un peu éclairé. » C'est très mal admis. Que de fois m'a-t-on répété, car jamais cela ne m'a été dit directement : « Jacquard n'est pas un vrai scientifique, il s'occupe de choses qui n'ont rien à voir » ! Or, je crois que si. Militer pour la paix, contre le chômage, pour la vie, a à voir avec la science.

PIERRE : Contrairement à ce que l'on pourrait croire, dans les grandes forces de l'opinion publique, il y a très peu d'éléments de réflexion. Elle est très sentimentale. La condition de ceux qui ont le sida est affreuse : elle a réagi ; mais c'est complexe. Il y a une part de lâcheté dans cette exigence de désigner des têtes à décapiter. C'est au fond une manière de se laver les mains. Je pense à l'autre exemple de la situation longtemps épouvantable d'Israël avec toutes ses conséquences. Pour nous, Occidentaux européens, Hitler était un catholique autrichien, un des nôtres. Nous nous sommes lavé les mains de notre collaboration en la faisant payer aux Arabes qui, de temps en temps, avaient pratiqué des pogromes pour récupérer de l'argent, mais n'avaient jamais eu la volonté de faire disparaître le peuple d'Israël. J'avais été interrogé par le journal *La Vie* et j'ai répondu une chose banale : « Pour ceux qui ont risqué leur vie pour défendre les juifs, il est pénible de les voir, de victimes, devenus bourreaux. » Les choses évoluant en moi étaient arrivées à me conduire à penser : est-ce que ce n'est pas à partir de la notion même de terre promise que tous les poisons renaissent ? N'est-ce pas une notion fausse ? Car, en fait, la terre dite promise a été conquise par la violence et par l'extermination des occupants antérieurs. Tout le livre de Josué décrit le massacre, la liquidation des populations. Est-ce que le fait d'avoir transformé une terre promise en terre conquise ne faisait pas disparaître la promesse ? Il était très grave d'en arriver là, mais, pour moi, la question se posait : est-ce que, en réalité, cela ne signifiait pas que la mission était de porter cette notion de l'absolu de l'Éternel à l'Humanité tout entière ? C'est la Terre entière, qui était promise. Par le sang versé, la promesse était annulée.

ALBERT : Au fond, que cela soit exprimé avec les mots de la Bible ou avec le constat que notre espèce est apparue sur la planète à la suite de l'évolution du vivant, penser qu'indépendamment de toute promesse nous avons la Terre sous nos pieds me suffit. Il nous faut la soigner, ne pas en faire n'importe quoi, y gérer notre présence. L'idée que nous pourrons résoudre nos problèmes en allant ailleurs est, je crois, une fuite illusoire. Je la compare à l'opium du peuple qu'était le paradis au XIXe siècle : « Ne vous révoltez pas ; vous êtes malheureux pendant que les riches vivent bien, mais tout ira mieux dans l'autre vie. » On peut massacrer la Terre, épuiser le pétrole, le bois, et, pour s'en sortir, aller ailleurs quand ce sera nécessaire : ce n'est physiquement pas possible, et pour toujours je crois.

Action ?

Pierre : Quand Le Pen a répété à la Mutualité son slogan « La France aux Français », il a eu beaucoup de succès. J'ai réagi : je suis de ceux qui ont le droit de dire « La France aux Français » parce que j'ai risqué ma peau pour cela. Mais je ne peux pas ne pas dire en même temps « La Terre aux humains ». L'expérience constatée tout au long de ma vie amène à cette question : n'est-elle pas dans mon action, ma petite part de liberté ? Elle aurait pu se débiner ; elle va vers ce qui appelle. Je constate que celle qui m'échappe est considérable. Elle est faite de circonstances. Un jour, une dame très pressée voulait me voir d'urgence : « Je suis la générale Massu ; un avion militaire m'amène spécialement d'Algérie pour vous voir. Les services psychologiques de l'armée ont élaboré un plan pour faire dans les bidonvilles d'Oran, d'Alger, de Constantine ce que vous avez fait à Paris pendant l'hiver 1954. Évidemment, tout repose sur votre venue. » Je lui ai répondu : « Dites aux services psychologiques de l'armée qu'ils se trompent lourdement. Ils s'imaginent que c'est la réalisation d'un plan. Il n'y en a jamais eu. » J'ai ajouté : « Si nous pouvons être utiles à quelque chose, ce ne sera que quand la paix sera revenue ; quand l'affaire militaire aura cessé. » Les actes s'enchaînent les uns aux autres, chacun minuscule ; la logique s'en dégage après coup. Si on m'avait dit : « Tu accueilles un premier homme désemparé, quarante ans après ils seront 4 000 en France en 104 communautés », je n'y aurais rien compris. La conversation a continué. La générale Massu : « Mon mari est pratiquant. Dimanche dernier, il était insupportable en rentrant de la messe. On avait fait le sermon sur l'Évangile du bon grain et l'ivraie ; il n'arrêtait pas de se demander si on ne lui faisait pas aujourd'hui arracher le bon grain avec l'ivraie ! » C'est intéressant. Penser que quelqu'un qui fait historiquement figure de patron de toutes les brutalités était en même temps un être humain insupportable, parce que l'on avait éveillé cette pensée en lui, rend un peu plus d'estime à l'humanité.

HÉLÈNE : Et dans l'absolu, qu'est-ce qui reste ?

PIERRE : L'Absolu ne peut porter que sur les intentions. On y fait référence parce que l'on cherche à estimer une valeur ou une non-valeur d'acte par rapport à lui, tout comme l'acte est jugé mal ou bien dans la relation avec ce que nous appelons l'Absolu. C'est exactement ce qui est arrivé à un capitaine qui m'écrivait : « J'interdis la torture. J'ai puni un gradé parce qu'il a fait torturer, et le voilà sortant de mon bureau pour faire son rapport, me disant : "On a trouvé cinq de nos camarades massacrés, le sexe dans la bouche. Mon capitaine, c'est votre ouvrage ! Si vous aviez laissé passer hier un suspect à la 'magnéto', nos camarades seraient encore vivants !" » Je lui ai répondu : « Dans une affaire de ce genre, tu n'échappes pas à ce type de procédés, car, contre un peuple entier, des militaires ne peuvent pas gagner. Ou tu restes militaire et tu entres dans des procédés abominables, ou bien tu casses ton épée et tu viens faire de la politique pour aider à trouver une solution politique. C'est ce qu'ont fait le général de Bollardière et quelques autres. Bien sûr, c'est du courage. » Certains quittaient une carrière difficilement obtenue sans savoir ce qu'ils trouveraient ; certes, ils n'ont pas été nombreux. J'ai ajouté : « Si c'est la guerre, c'est la guerre et ses atrocités. Ou alors tu t'en retires, non pas pour ne rien faire, mais pour mener une action politique afin que s'ouvre la négociation. » Comment porter un jugement ? Il faut encore faire la distinction entre un jugement objectif et un jugement subjectif. Me plaçant d'un point de vue subjectif, seule l'intention compte. Du point de vue objectif, il est plus facile de dire que c'est mal. Il y a de ce point de vue tout un enchaînement. Il est intéressant de voir que des conquêtes ont existé depuis l'Antiquité à toutes les époques, et que le mot « coloniser », qui porte en soi en principe un côté positif, n'a été employé dans le vocabulaire qu'à l'époque moderne. On s'innocentait en couvrant ce qui, pour César, Alexandre ou je ne sais qui, était conquête, en l'anoblissant en service.

HÉLÈNE : Quand quelque chose a été brisé, bouleversé, quelle que soit l'intention de celui ou ceux qui ont agi, le fait reste, toujours suivi de conséquences ?

ALBERT : C'est toute l'opposition entre la bonne intention et l'efficacité. Comment juger l'efficacité ? On la juge toujours en fonction d'un objectif à court terme.

PIERRE : Qu'est-ce qui fait la connaissance de l'ensemble des effets ? Du point de vue de l'Absolu, on se trouve devant des énigmes pour lesquelles nous n'avons pas de réponse. Ou plutôt, posons la question de savoir ce qui peut être d'une valeur absolue. Pour moi, je ne vois de réponse que dans l'Amour, qui est la force de communion et la force de construction. La petite sœur Thérèse de l'Enfant-Jésus disait : « Ce qui importe est l'Amour avec lequel je fais ce que je fais. » Faire la cuisine ou ramasser une épingle avec l'énergie de l'Amour a une valeur tout aussi grande que d'être martyr en Chine. Nous rebondissons de l'Absolu majuscule à l'absolu dans le minuscule et de si brève durée qui est l'homme. Quand on parle de milliards de galaxies avec des milliards de soleils, je me rappelle que l'on me disait : il y a les planètes, la Terre, il y a d'autres Soleils, et il y a « la » galaxie, « la » voie lactée… Aujourd'hui, on en est au milliard ! S'il n'y avait pas quelque part, culminants, de petits riens dotés de liberté, capables de haïr en idolâtrant leur « moi », ou bien d'aimer, d'user leurs forces sans profit pour le plus faible, donc d'agir contre la loi naturelle, ce Tout immense dépassant nos concepts, nos imaginations, rendrait l'Absolu absurde. Pour moi, cela va très loin. Cela me conduit à arrêter mon esprit pour être attentif à la totalité des abominations, les guerres. Je me dis : « Faut-il que l'amour soit une valeur incalculable, absolue, pour que l'Éternel qui est Amour prenne le risque de faire des libertés en sachant qu'il y risque sa Gloire ! » Quand nous parlons de la Gloire de l'Éternel, de quoi s'agit-il ? D'être Amour reconnu comme Amour. On peut trouver des analogies dans la psychologie humaine ; dès qu'il y a amour reconnu par l'amour, il y a une sorte de plénitude, quelque chose de parfait.

ALBERT : C'est un fait, le Cosmos que vous évoquez est probablement vieux de quinze milliards d'années ; mais son âge n'a guère de sens : il n'y a pas de début définissable. Pour qu'il y en ait un, il faudrait à l'infini un « avant-début ». La science nous donne aujourd'hui une description très belle de cet univers soumis à des lois, et dans lequel tout obéit sauf moi, un homme. On commence à raconter l'histoire du Cosmos. Il y a un peu plus de quatre milliards d'années, la Terre apparaît ; et il s'y passe une étrange suite d'événements. On a l'impression d'un « n'importe comment », chaque fois soumis aux forces en présence. L'aboutissement imprévisible de ce cheminement qui fait du neuf en permanence est une espèce dont les individus savent regarder autour d'eux autrement que comme les autres animaux ; ne pas accepter ce qui leur arrive ; s'angoisser ; dire « non » à la mort et transformer ce qui est autour d'eux. Contrairement à la loi naturelle où le fort bouffe le faible, ils inventent cette chose étrange qu'est l'amour. Pour que ce soit arrivé, et peu importe au bout de combien de temps, je me dis que je suis l'aboutissement, provisoire peut-être, d'un bel effort de l'univers. Je découvre que je suis capable de choses merveilleuses et je suis heureux d'appartenir à la seule espèce qui en soit capable. Il n'y a pas d'absolu là-dedans, il y a du contingent tout au long de l'aventure d'un univers qui n'est pas merveilleux parce qu'il comporte des milliards de galaxies, mais parce que, quelque part, il y a moi, qui donne valeur à cet immense ensemble ; car c'est moi, l'être humain, qui suis capable de le regarder. S'il n'y avait pas un regard d'homme sur quoi que ce soit, il n'y aurait de beauté nulle part. J'essaie de ramener cette sensation à un cheminement que les scientifiques arrivent peu à peu à observer, à décrire, à analyser, à expliquer, mais reste la question centrale : comment tout cela a-t-il pu exister ? Je constate que c'est arrivé et que je l'ai su. Peut-être cela peut-il me suffire ? J'ai la suite à prendre en charge.

PIERRE : Ce qui est merveilleux est que c'est beau parce que tout me pousse à désirer partager. L'amour distingue l'être humain de l'animal. Cette sorte de révélation n'est pas forcément historique à travers les prophètes, la révélation vaut autant dans le mystère de chaque être sensible, humain. Vous qui êtes scientifique, vous parlez de lois. Eh bien, moi, j'appelle la loi des lois celle pour laquelle l'être n'est, n'existe qu'étant aimant, et à partir de laquelle apparaissent pour moi des clartés. Mille obscurités subsistent, il serait absurde de prétendre le contraire. J'ai connu le doute très violent vers dix-sept ans, cela s'est terminé par la décision d'être moine. Depuis, je crois que je n'ai plus jamais connu le doute par rapport à cette question élémentaire : « L'Éternel est Amour. » Mais ma vie n'a pas cessé d'être une accumulation d'interrogations. Il est différent de se poser des questions et de douter.

HÉLÈNE : L'interrogation n'est-elle pas le point qui fait la rencontre entre tous les hommes ? N'est-elle pas aussi une pulsion de vie ?

ALBERT : C'est aussi cela, le moteur de l'interrogation scientifique. Quand Einstein essaie de comprendre après Newton le mouvement des planètes autour du Soleil, sa pulsion intérieure, qui suppose beaucoup de travail, est vraiment un besoin de comprendre, de faire corps avec l'univers. Dans le parcours qui l'a conduit à la théorie de la Relativité générale, le plus extraordinaire est peu connu. Lorsque Einstein, à force de réflexions mais sans beaucoup d'observations, met au point l'équation qui permet d'expliquer la gravitation, cette équation le conduit en 1915 à affirmer que l'univers ne peut pas être stable : il est nécessairement en expansion ou en concentration. Or, depuis toujours, on admettait la stabilité comme une évidence… Einstein en conclut : « Mon équation est fausse », et ajoute un terme pour obtenir un univers stable. Douze ans plus tard, on s'apercevra que l'univers est en expansion. Einstein, avec un crayon et un papier, mais il n'a pas osé le croire, avait découvert l'expansion de l'univers.

Qu'un cerveau humain, par sa seule activité, avec des connaissances et par des raisonnements, puisse savoir que les galaxies ne peuvent pas faire autrement que s'éloigner ou se rapprocher les unes des autres, est formidable ! Malheureusement, alors qu'il ne l'était pas, il a, pour une fois, été timide. Il a reculé devant les conséquences de son équation et s'est dit : « Mon équation n'est pas juste. »

HÉLÈNE : N'a-t-il pas pu comprendre ce qu'il avait pu saisir parce qu'il était prisonnier des lois ?

ALBERT : Il était prisonnier des idées reçues. L'important, chez lui, était l'obsession de comprendre l'univers avec son cerveau plus qu'avec ses yeux. Concevoir cette phrase « Non, l'univers n'est pas stable », pour moi, c'est un acte d'amour. Un peu solitaire, bien sûr. Mais il y avait l'univers et Einstein ; il l'a compris avec son cerveau. C'est pour moi l'explication de ce paradoxe que vous évoquez, celui d'être capable d'aimer. Est-ce que je serais capable d'aimer si je n'avais pas un cerveau particulier ? Tout homme a un cerveau très étrange. Peut-être, après des mutations, est-ce le résultat d'erreurs de la nature, mais le fait est là : nous avons changé le cheminement des choses.

PIERRE : Ce « nous » est essentiellement, de manière très limitée et pas du tout absolue, ce petit rien, non déterminé, qui nous donne capacité de liberté ; d'acte libre. Nous sommes partiellement déterminés par l'atavisme et les circonstances. Mais, en allant à l'essentiel, ce qui nous rend distincts des autres êtres est que nous pouvons faire ou ne pas faire ceci ou cela. Nous avons un choix partiel, imparfait, mais nous l'avons. Au fond, cette liberté est continuellement modifiée parce que je suis là pour m'en émerveiller, parce que j'ai envie de partager ce sentiment. Mais, en même temps, existe en nous la tendance, je dirais infernale, de vouloir le garder pour soi ; en quelque sorte de singer Dieu, de singer l'Éternel.

HÉLÈNE : Et, en quelque sorte, de décider que l'autre ne pourra pas avoir le même regard que moi, ce qui est vrai d'ailleurs ?

PIERRE : Mais toute singerie est fausse. L'amour fait sortir de soi. On croit le singer en voulant posséder ; en fait, on se met à rebours de ce qui, en réalité, est sa caractéristique : être diffusif de soi.

HÉLÈNE : Peut-on ajouter une idée ? Nous ne sommes pas simplement ce petit réceptacle de sentiments, de sensations. Nous sommes aussi les continuateurs de libertés que l'homme s'est données depuis le début des temps, ou qu'il s'est retirées : il n'y a pas toujours eu une seule forme de civilisation dominante et il n'y a, sur cette planète, pas qu'une seule forme de civilisation ? Il n'y avait pas un seul chemin pour arriver au degré de liberté que nous pouvons concevoir, sinon vivre aujourd'hui ; aussi imparfait soit-il ?

PIERRE : Cette responsabilité relative aux libertés communes entre humains que nous avons envers le futur, peut-on faire en sorte qu'elle soit le fondement de l'Éducation nationale ? Je reste très impressionné par le cri de Pialat, quand je parlais de la liberté d'aimer : « Pourquoi ne m'a-t-on pas appris cela quand j'étais enfant ? » Il expliquait qu'étant enfant, élevé dans des milieux croyants et pratiquants, il n'avait jamais perçu la religion comme étant liée à la liberté et à l'amour, mais à la peur. La caricature de la loi : « Sois sage ! Tu aimeras comme ça ; et pas autrement ! » Or, la loi est : « Tu aimeras. »

ALBERT : Moi aussi, j'ai dit « oui » à tout ce que l'on m'a dit et il m'a été difficile de m'en libérer. J'ai eu une vision de la religion catholique très provinciale, enfermante, réduite au péché, à la confession nécessaire. Je l'ai connue enfermée dans une petite boîte et j'ai l'impression que je ne me libérerai jamais de ce conditionnement : je préfère penser à autre chose, mais je subis le poids d'une vision qui s'est accumulée et qui est, je crois, totalement fausse. La liberté, je l'ai découverte par la suite. Beaucoup de gens me l'ont apprise : Van Gogh, Mozart, le Christ…

PIERRE : Pendant l'hiver 1954, nous sont arrivées plusieurs centaines de milliers de lettres. En mai-juin, je lançai le premier numéro de la revue *Faim et Soif* dont la publication a dû être interrompue. Nous avons repris le titre *Faims et Soifs* au pluriel pour qu'il n'y ait pas de confusion. Pour le deuxième numéro de la première formule, nous avions écrit à une dizaine de personnalités. Parmi elles, nous avons eu cette réponse de Rostand : « A vrai dire, je ne pense pas que les initiatives de la charité, si émouvantes soient-elles, puissent résoudre le terrible problème de l'inégalité sociale. Mais j'estime qu'il est bon de tenir en éveil le sentiment de la compassion humaine et aussi d'entretenir chez les privilégiés un état permanent de mauvaise conscience à l'égard de leurs frères déshérités. C'est pourquoi je m'associe de tout mon cœur au projet que vous avez formé de créer une revue *Faim et Soif*, qui doit être l'organe de la charité militante et en quelque sorte de la fraternité biologique. Certes, il serait souhaitable que se constituât un comité d'hommes de science chargés d'examiner en quoi les découvertes scientifiques peuvent aider à la lutte contre la misère. Mais je doute, pour ma part, d'y pouvoir collaborer utilement car mes recherches personnelles n'ont guère d'applications sur le plan humain. Je souhaite d'ailleurs que, parmi ces hommes de science, il y ait des psychologues, et notamment des psychanalystes, car c'est à eux qu'il appartient de nous doter d'une pédagogie capable de favoriser le développement des instincts humains dans le sens d'une fraternité accrue. »

Hélène : S'agissant de fraternité biologique ?

Albert : Cette notion me choque. Bien sûr, l'appartenance à l'espèce humaine est une réalité biologique. Mais nos gènes ne sont pas tellement différents de ceux du chimpanzé. La biologie humaine est très proche de celle des primates, je ne suis pourtant pas très fraternel avec les autres primates. Il faudrait mettre plus en évidence le fait extraordinaire d'appartenir à l'espèce humaine. Les gènes ne suffisent pas pour définir en quoi elle consiste. Appartenir à l'espèce humaine, c'est avoir été tiré vers l'humanité par les hommes qui nous entourent. Malheureusement, je me rends bien compte qu'en disant cela je peux condamner à mort tous les petits enfants qui n'ont pas encore été tirés vers l'humanité. N'est-ce pas tout le problème de l'avortement ? A partir de quel moment, cet être, fabriqué par son patrimoine génétique, cet œuf, ce fœtus, est-il quelqu'un avec lequel je dois me sentir fraternel ? Il me semble qu'il n'y aura jamais de réponse à cette question.

Pierre : Il n'y aura pas de réponse. On a considéré que le mariage était la perpétuation de l'humanité. Il avait également pour fin le soutien mutuel des époux, souvent oublié. Il supposait le soutien dans les difficultés psychologiques. Il fallait que soit distinct le plaisir, comme valeur en soi, de la reproduction. Dans mon testament, j'ai joint des documents pour qu'ils soient remis au président de l'Épiscopat. Dans l'un d'entre eux, je raconte les circonstances dans lesquelles j'ai entendu parler pour la première fois de la pilule. C'était à Rome vers 1950, tandis que j'étais député de Nancy. J'étais allé voir le cardinal Tisserand, fils d'un bibliothécaire de la ville de Nancy ; une véritable armoire à glace qui n'hésitait pas à mettre les pieds dans le plat. Un jour, il me dit : « Puisque vous avez le temps, je vous emmène dans les cités que je fais construire dans la partie de la banlieue de Rome qui appartient à mon diocèse, pour les familles nombreuses. » Il y a quarante ans, autour de Rome, vivaient des familles de quinze enfants, pour lesquelles se loger était impossible. Il avait donc entrepris des constructions. En conduisant la voiture, il me dit : « Avez-vous entendu parler des expériences faites par les Américains à Porto Rico ? Ayant vu que les indigènes utilisaient une plante qui avait un effet d'anticonception, ils ont fait des expériences qui prouvent que c'est efficace à 90 % et peut parfaitement être fabriqué en laboratoire. N'est-ce pas merveilleux qu'à l'époque où précisément l'humanité se trouve placée devant le problème de la saturation des êtres humains la Providence fasse que l'Homme découvre un produit dans la nature, et non pas d'une manière mécanique ou artificielle ? Voilà quelque chose qui peut sauver bien des troubles de ménage ! » Il me tape sur le genou et me dit : « Et qu'est-ce que nos moralistes vont encore inventer pour nous dire que c'est mal ? » Je me souviens de la parole d'un autre cardinal. J'avais passé l'après-midi dans un quartier affreux accompagné d'une dame. Nous avions frappé à la porte d'une espèce de cabane, dans laquelle s'en trouvait une deuxième minuscule. La dame frappe à nouveau. Au bout de quelques minutes, nous voyons sortir une très vieille femme enroulée dans une couverture. Derrière elle, nous voyons sortir une gamine de treize ans au plus, enceinte. Au retour, la dame me dit : « Mon père, je ne vais pas obéir aux commandements que l'on nous donne. Quand je vois cela, je distribue à pleines mains la pilule à toutes les gamines du quartier. Il est vraisemblable qu'elle est incapable de dire de qui elle est enceinte, et il est certain qu'elle est incapable d'élever un bébé… » Le soir, je dîne chez le cardinal, qui me dit : « Si vous avez une occasion de rencontrer le Saint-Père, parlez-lui-en. Nous, nous y avons renoncé. » Il y a certes l'intelligence. Il y a aussi l'éducation de la Pologne très catholique, antisémite. Comme tous, il reste marqué. On a l'impression que cela devient chez lui pathologique, comme une obsession, comme si le bien et le mal gravitaient entièrement autour de cela : la discipline de soi-même. Que signifie prêcher la continence et la chasteté à des gens qui vivent dans ces conditions ? Et c'est au moins le quart de l'humanité, qui vit sans aucun moyen de maîtrise de soi et d'hygiène, même la plus simple !

HÉLÈNE : Le sida est une autre question ?

PIERRE : J'allais y venir. On a commencé à parler du sida et de la capote pour protéger du risque de contamination. Lorsqu'on a commencé à le faire, j'étais à Nevers. Un journaliste m'a poursuivi dans la communauté pour me demander ce que j'en pensais. Je lui ai demandé de me laisser le temps d'y réfléchir, et je lui ai envoyé un télégramme dans lequel je lui répondais : « Le devoir du pape, des évêques et de tout croyant est de dire l'appel à la perfection pouvant demander de l'héroïsme, qui nous est présenté par la parole de Jésus. Mais nous sommes des êtres humains. S'il arrive que nous ne soyons pas capables de cet héroïsme, n'ajoutons pas le crime à la faute en dédaignant le moyen contraceptif qui est la seule protection. » Or, cette phrase insolente pour l'enseignement commun a été reprise par le cardinal de Paris quelques jours plus tard, et par l'*Osservatore Romano*. Il y a l'appel à la perfection, et tous les pauvres types qui trébuchent. S'il y a faute, c'est un crime de dédaigner les moyens qui assureraient que l'on ne risque pas de propager la maladie. Reste, bien sûr, la grande énigme. Comment expliquer que surgisse, seulement maintenant, ce genre de virus ?

ALBERT : Il faut bien voir qu'un virus n'est qu'un conglomérat de quelques protéines avec de l'ADN au milieu. De temps en temps, des mutations se produisent, qui modifient et l'ADN et les propriétés du virus. Tous les ans, le virus de la grippe subit des mutations, mais, contre lui, nous avons des protections. Contre celui du sida, semble-t-il, nous n'en avons pas. Peut-être les premières populations africaines à avoir contracté le sida en ont-elles ? Peut-être vivaient-elles au centre de l'Afrique étant séropositives sans que la maladie ne se déclare ? Il y a cinq cents ans, lorsque les Européens sont arrivés en Amérique du Sud, ceux que nous avons appelés les Indiens n'avaient aucun moyen de protection contre certaines maladies apportées par les envahisseurs, qui en étaient immunisés.

HÉLÈNE : En Afrique, en ce moment, des populations meurent par centaines de milliers ! Dans certains pays, une génération risque de ne pas se renouveler.

ALBERT : Toute l'Afrique n'est pas touchée de la même façon. Il se peut que certains Africains aient été partiellement immunisés, puis, brusquement, que la maladie explose. Il se peut qu'un jour apparaisse un nouveau virus de la grippe contre lequel nous ne saurons pas nous battre. Mais, en fait, les virus sont passifs. Quand un virus est absorbé par une bactérie ou une cellule, elle est prise d'une frénésie d'autodestruction, et se suicide. A l'intérieur de ce qui était la cellule, quelques dizaines de copies du virus sont fabriquées avec les matériaux de la cellule. Une autre bactérie qui passe suivra le même scénario, c'est un phénomène explosif.

PIERRE : Pour l'Afrique, la promiscuité des foules entassées autour des villes ne favorise-t-elle pas l'exacerbation ? Tant que les populations vivaient en tribus dispersées dans la forêt, le virus ne pouvait pas se diffuser de cette manière. En même temps qu'il y a densité de plus en plus forte de la population, il y a sous-alimentation, perte de l'hygiène élémentaire et multiplication des effets malsains de l'entassement. Cela change complètement les données. Dans la loi naturelle, n'oublions jamais que l'on n'a jamais vu le gros tuer plus que ce dont il avait besoin pour se nourrir. L'homme est capable d'exterminer par dizaines de millions ses semblables en en ayant préparé le projet ! La volonté de domination ; être maître ; tout cela sur le compte de bons motifs. Nous sommes tout à fait dépassés lorsqu'il faut déterminer quelle en est la part de pathologie et quelle en est la part de responsabilité. Rostand parle comme si la fraternité était une réalité ne comportant qu'une face positive. Mais nous savons bien que l'être humain est à face multiple. La fraternité, c'est être coude à coude, nés dans le même nid et sur un territoire d'action proche. Mais pourquoi est-elle prédominante chez moi, et inverse chez l'autre ? Je n'en sais rien. Tantôt elle pousse à presser le pas en se fichant du boiteux qui ne peut suivre, tantôt elle pousse à s'arrêter pour le soigner ou même à le prendre sur ses épaules. La fraternité peut être écrasante, quand on pense à certaines histoires d'héritage et à des haines de succession qui durent plusieurs générations ; elle peut être en même temps la compassion à laquelle Rostand fait allusion.

HÉLÈNE : Albert ne se sentait pas frère du chimpanzé, et moi, je ne suis pas compatissante devant la misère. Il y a deux cents ans, le texte de la Constitution de l'An I, jamais appliqué, proclamait : « La société doit avoir pour but le bonheur commun », et précisait : « Quand un gouvernement viole les droits du peuple, l'insurrection est pour le peuple et pour chaque portion du peuple, le premier des droits et le plus indispensable des devoirs. » Ceux qui sont exclus du droit au bonheur ont à prendre la parole.

PIERRE : La colère pouvant aller jusqu'à la révolte et jusqu'au tyrannicide n'est pas, pour nous, en divergence avec la compassion. La compassion n'est pas forcément le devoir de souffrir de manière morbide avec celui qui souffre. Quelquefois, il est nécessaire d'avoir été, ne serait-ce qu'un temps, comme lui pour comprendre. C'est une écoute. Nous baignons dans des sons, des paroles. Le Mystère est qu'en même temps que nous parle ce vent de l'Esprit saint un autre souffle est en nous : « Il a mal, vite, qu'il crève pour que je lui pique ses bottes ! » C'est une très grande énigme, que le mystère du mal !

ALBERT : Rostand a écrit cette lettre à une époque où on commençait à peine à avoir peur de la technoscience. Nous avons de plus en plus de savoir-faire ; nous allons bientôt savoir faire n'importe quoi. Il faut avoir peur de celui qui agit sans se demander dans quelle direction il va. Un bon technicien est un danger public lorsqu'il agit simplement par discipline. S'il dit : « On me l'a demandé, et je le fais parce que je sais le faire », c'est dramatique ! Il est toujours utile de comprendre ; mais comprendre débouche sur l'action : il faut instantanément se demander à quoi l'action va servir. Nous nous trouvons dans une période où trop de monde pense : « Ça ne dépend pas de moi, mais des hommes politiques. Si ce sont tous des salauds, ce n'est pas ma faute. » Or, les hommes politiques sont rarement des salauds, et dire « ce n'est pas ma faute » est une lâcheté très grave. L'appel d'Heidelberg manifestait un scientisme effréné : « Nous sommes des scientifiques, nous savons ce que nous faisons, laissez-nous faire… » J'ai vu là un texte de scientifiques qui avaient peur que les « écolos », les journalistes et les hommes politiques ne viennent mettre des freins à la recherche scientifique au nom de la sauvegarde de la planète. Ils avaient bien tort. Face aux scientifiques, il faut des gens capables d'interroger : « Où nous menez-vous, avec ces découvertes ? » Il vaut mieux y réfléchir ensemble avant, que de constater les dégâts après !

Société ?

PIERRE : On a parlé de l'accroissement de la misère ; mais nous sommes à peine au début d'une phase de l'humanité dans laquelle le développement des techniques pousse le patron le plus social à devoir dire « il faut 10 % de travailleurs en moins ». Faute de quoi, la boîte ferme !

HÉLÈNE : Quelle est la raison d'être d'une société où un tel scénario est plausible avec les conséquences que nous lui connaissons ?

PIERRE : C'est la condamnation au loisir. Qu'est-ce que cela veut dire, « vouloir le bonheur commun » ? Pour faire un temps libre et créatif avec les chômeurs d'aujourd'hui, on n'a rien imaginé. Il a fallu le gouvernement Blum et le Front populaire pour avoir un ministre des Loisirs. Cela faisait rigoler ; depuis, on a oublié. Le vrai problème pour une société préoccupée du bonheur de tous est de se souvenir qu'il n'y a pas de bonheur si l'on ne se sent pas utile à quelque chose. La pire misère est d'être de trop ; il faut donc un emploi. Les États-Unis comme la France connaissent des hommes dans la pire misère, et cela va s'étendre. C'est aussi important que l'écologie. Il faut créer une inquiétude neuve. Nous avons besoin de penseurs de l'imagination du temps libre. L'humanité est aujourd'hui dans un étau ; elle ne peut pas échapper à l'invention. Nous sommes pris dans une réalité neuve à laquelle rien ne nous avait préparés, et qui nous fait considérer à quel point nous sommes interdépendants. Le monde développé, industrialisé, va se décomposer s'il ne prend pas conscience, jusqu'au fond, du problème de l'autre partie de l'humanité qui ne connaît rien du développement. Nous atteignons là un point important. Un soir, par hasard, je branche ma télévision et je tombe sur un dialogue entre je ne sais quel journaliste et Jacques Chirac. C'était presque la fin. Ils avaient sûrement parlé du problème agricole, du GATT, et Chirac a eu une parole évidente : « Il faudra bien finalement que l'on prenne conscience qu'il faudra s'occuper du problème des consommateurs solvables et non solvables… » Il aurait fallu immédiatement reprendre le débat ! On arrête la production en Amérique ; on l'arrête en Europe. Si, demain, la Roumanie redevenait ce qu'elle était avant, elle deviendrait un grenier pour l'Europe entière. On interdit de produire, non pas parce que les consommateurs manquent, mais parce qu'ils ne sont pas solvables ! Pour qu'ils le soient, on a créé la Dette, avec ce résultat : le peu qu'ils réussissent à réaliser par leur travail sert à donner des intérêts au capital. Les petits rentiers qui ont réussi à économiser mille francs, dix mille francs, les mettent en banque. La banque les prête aux Mexicains ou aux Argentins. Un beau matin, le président du Mexique déclare : « Pour nous, la Dette, c'est fini, on ne paiera plus ni capital ni intérêts. » Un camarade de collège, alors directeur de la Banque des dépôts, me disait : « Henri[1], si on ne réussit pas à faire rendre sa parole à ce président, c'est cinq cents banques américaines qui disparaissent dans un délai

1. L'abbé Pierre s'appelle de son vrai nom Henri Grouès.

d'un mois : les prêteurs viennent à la banque pour se faire rendre leur argent ! »

ALBERT : Le scandale de la Dette est lié à la notion de taux d'intérêt : on est arrivé à des taux réels de 8 à 10 % ! Pour une fois, on en vient à penser que l'Église avait raison, quand elle disait que prêter avec intérêt était un péché. Prêter à un autre, que l'on contraindra à rendre plus, donne certes une légitimité à la possession d'une richesse dont on n'a pas besoin. La tournure prise avec la Dette du Tiers Monde conduit à une impasse effroyable. L'instauration d'un tel système revenait à acculer le Tiers Monde à la pire misère, avec pour conséquence le fait que, maintenant, le FMI conduit la politique des États un peu partout. Pour éviter la banqueroute des banques américaines, on prend des mesures entraînant la mort de milliers d'enfants. On s'engage dans une organisation du monde rigoureusement non fraternelle. On ne peut qu'assécher la Dette le plus vite possible ! L'interdépendance est un fait. Ce qui se produit quelque part a des conséquences sur le reste du monde. Si un Mobutu ou un Amin Dada s'installe en Afrique, tout le monde en vit les conséquences. Si la forêt est brûlée quelque part, le gaz carbonique produit se promènera tout autour de la Terre, et l'effet de serre sera subi par tous les hommes. Que nous le voulions ou non, nous sommes solidaires, ou plutôt interdépendants, car ce n'est qu'un constat. Nous sommes obligés de comprendre que la Terre est toute petite et qu'il faut nous organiser en conséquence. Une des possibilités est le *Meilleur des mondes* : un monde résolument policier avec un chef, quelques sous-chefs, je ne sais combien de sous-sous-chefs, et, tout en bas, la masse qui obéit. C'est évidemment le contraire de la fraternité ; cela ne peut fonctionner que si la liberté est rigoureusement confisquée. C'est possible techniquement. Probablement pas longtemps : il y aura toujours un enquiquineur qui réussira quelque part à dire : « J'ai envie d'être libre. » En conditionnant les gens, on peut pourtant imaginer que cela fonctionne. Actuellement, c'est vers cela que nous nous orientons en crétinisant les gens, en leur faisant croire qu'ils sont heureux parce qu'ils ont le loto, la télévision et à peu près de quoi manger. C'est pourquoi il faut faire un gros effort pour leur dire : « Ce n'est pas suffisant ; vous avez aussi le droit d'être libres », et ce message devrait faire partie de l'éducation. Être éduqués, c'est savoir que nous avons la possibilité de choisir entre deux mondes, celui de la pyramide efficace et oppressante ou celui de la liberté avec des réseaux de parole et de responsabilité, où tout est constamment remis en cause. Ce choix est moins confortable ; mais c'est le seul qui soit digne des hommes. L'acceptation du chômage est quelque chose de monstrueux. Faire croire à quelqu'un qu'il est de trop… Nous avons de moins en moins de travail ennuyeux, tant mieux ! Par contre, il y a des quantités de besoins humains à satisfaire, et qui ne le seront jamais complètement. Le concept même du chômage est absurde : il faut réorienter tout le système économique vers des activités qui échappent nécessairement à la loi du marché. Au cœur de cette difficulté se trouve l'idée selon laquelle la loi du marché s'imposerait partout. Au départ, personne n'avait voulu l'introduction de la loi du marché dans le système sanitaire. Subrepticement, elle a été acceptée. Mettre une valeur en face d'un litre de sang semble peut-être logique à première vue, mais on aboutit nécessairement à des conséquences catastrophiques. On en a vu le résultat avec l'affaire du sang contaminé. Nous devons imaginer un raisonnement économique dans lequel échappe à la loi du marché, donc au concept d'équivalence, tout ce qui relève du système sanitaire, du système éducatif et du système judiciaire. Cela concerne environ la moitié du PNB de la nation. Quand j'entends dire, à propos du système éducatif : « Il faut dépenser beaucoup d'argent pour faire un ingénieur qui aura un bon rendement et améliorera le bénéfice de son entreprise », j'entends un raisonnement catastrophique ! On doit donner à chacun l'éducation la plus développée possible, parce que, comme tout le monde, il la mérite. Dès que l'on introduit la notion de rentabilité dans ces domaines, la barbarie est en vue. Cette proposition conduit à une révolution complète de nos raisonnements économiques. On commence à y penser, mais c'est bien lent !

PIERRE : Depuis la première éducation jusqu'à l'école, les enfants sont placés devant des situations qui nous permettent de leur montrer les libertés devant lesquelles ils sont placés : « Tu choisis. Ou tu travailles pour gagner toujours plus, ou tu travailles pour être capable de servir, d'aider à ce que tous vivent. » C'est le choix entre l'idolâtrie, la puissance du moi, et l'Amour auquel on revient tout le temps. On sait qu'il serait politiquement illusoire de croire que les forces d'Amour pourraient gouverner demain. Des saint François d'Assise, des mère Teresa et tous ceux qui participent à ce choix peuvent soutenir les initiatives qui naîtront. L'« écologisme » s'est réveillé tard ; mais il l'a fait. Les gens disent souvent à propos des communautés d'Emmaüs : « Nous en avons la démonstration, il n'est pas vrai que l'unique ressort, l'unique source d'énergie de l'humanité, soit le gain personnel. » Cette année, après avoir nourri quatre mille bonshommes, versé les congés payés, la Sécurité sociale, etc., nos communautés travaillant plus que leur suffisance ont pu offrir trois milliards de centimes. Si ces hommes n'étaient pas là, ils coûteraient à l'État le prix d'une journée de prison, d'hôpital ou d'asile. Non seulement ils ne font plus de bêtises, mais ils donnent ! Dans cette maison de retraite, où tout le monde sait qu'il n'a pas besoin de travailler, puisque la Préfecture l'a agréée, le responsable a dit, la nuit de Noël : « Nous pouvons donner cette année huit chèques de quatre mille francs avec nos triages de boutons, nos timbres, nos couvertures, notre recyclage de cuivres de moteurs. » De même que l'on a vu le système pyramidal tenté à l'Est tomber en poussière, de même la Sécurité sociale va être acculée à des décisions qui la feront passer par l'impôt à cause du déficit. C'est la suite de l'inconscience de dépenses, avec de nouvelles données économiques, auxquelles s'ajoute l'indifférence collective. Il y a toute une éducation à faire. Quand on nous a dit, et encore redit, que les accords entre l'Amérique et le monde de l'Est s'intensifiaient pour la destruction des armes atomiques, j'ai dit bravo, et encore bravo. Mais une question me tourmente : qui a jamais cherché à savoir où est déposée la matière fissile quand on démonte ce matériel ?

Albert : On en parle peu, mais c'est un des problèmes fondamentaux que les militaires essaient de résoudre actuellement. L'uranium est moins facilement utilisable ; le plutonium est très dangereux car exploitable avec un minimum de technique. Des groupes entiers de techniciens travaillent sur ce problème. Les responsables y pensent ; le problème est posé, mais pas sur la place publique. Certains proposent la destruction complète du plutonium grâce à des réacteurs à sels liquides qui peuvent fournir de l'électricité pour pas très cher. A la sortie, le plutonium a été transformé en uranium, beaucoup plus facile à stocker en toute sécurité. Avec du plutonium, on ne peut pas vraiment faire une bombe dans sa cuisine, mais il n'y a pas besoin de grandes installations.

PIERRE : Cela ouvre des perspectives extraordinaires de terrorisme !... Dès que l'on emploie le mot « société », on est acculé à la notion d'ordre, avec des points d'interrogation multiples. Cet ordre est de deux natures : l'ordre que faisait régner un saint François d'Assise sur son passage, et celui tenté par les communistes ou par Napoléon sortant de la grande Révolution ; celui que tentait l'Inquisition, aussi grave que celui de Khomeyni ; il y a eu l'ordre hitlérien... Nous sommes confrontés à quelque chose de terriblement important, il n'y a pas de dérobade possible si nous voulons être attentifs aux réalités humaines. Nous sommes acculés à quelque chose de diabolique : la réalité, de tous côtés, vous ferme les portes des tentatives de moyens simplement humains, naturels. Un saint François d'Assise parlant de la force a été comme un rayonnement, mais cela ne suffit pas à faire exister l'ordre. Si l'ordre est uniquement fait de force, il ne réussira pas. Il faut simultanément des fous ; des enquiquineurs. Toute l'Histoire le montre, le pouvoir, au-delà d'un certain degré, rend ivre. Comment l'homme d'État, qui serait contraint de châtier, de mettre hors d'état de nuire ceux qui s'opposent à cette tentative sincère et généreuse d'ordre, ne deviendrait-il pas ivre de l'exercice du pouvoir ? Dès que l'on emploie le mot « société », on est pris dans une sorte de tenaille. Tu veux bien faire, et tu entends ce rire sarcastique : « Commence, entreprends ! » Et les gosses continuent de casser : « Eh bien, cogne ! » Comment cet homme va-t-il pouvoir sauver en lui la simultanéité du pouvoir et de l'Amour ? Les casseurs sont d'abord ceux qui sont la cause de la colère de ces gamins sans espoir de trouver du travail ; mais, pour continuer de fonctionner, chaque entreprise est obligée d'aguicher les appétits de la clientèle. On est pris dans un cercle infernal. Comment s'en libérer ? Je ne sais pas. La seule vertu de la démocratie se trouve limitée sur un point très précis. L'opposition serait le fou à la cour qui empêcherait le pouvoir de se prendre pour l'Absolu. Il est très difficile de distinguer entre les ambitions personnelles et ce qui est le vrai service du bien public. Il n'y a pas que des gens avides de faire carrière. Parmi les fous, il y a aussi les chiffonniers. Je le disais au préfet de Paris : « Nous sommes un peu la puce qui a sauté de la poubelle sur la table du ministre pour le piquer. Vous, avec tous vos pouvoirs, vous êtes des lions ; nous ne sommes que des puces. Mais on voit souvent des puces mordre des lions, quand on n'a pas souvent vu des lions mordre des puces : vous avez raison d'avoir peur de nous ; nous sommes plus forts que vous. » La force d'une démocratie est la présence d'une opposition reconnue. Ne serait-ce que pour ne pas être « lessivé » à la prochaine élection, il y a des bêtises à ne pas faire. Si l'on empêche une opposition d'exister, il n'y a plus de démocratie. Mais la faiblesse d'une démocratie, et comment y trouver remède, est aussi de tenir compte de l'opinion. Dans les pays où, pour le plus grand nombre, l'opinion n'est pas dans la misère, elle ne demande pas à ce que soit donnée la priorité à la guérison de la misère ; elle l'ignore ! Des tas de braves gens de Paris n'ont jamais vu un taudis ni un bidonville ; c'est là la faiblesse du système sans prosélytisme pour dire et répéter en faisant autant appel à l'intelligence qu'à la peur : « Ça va péter ! » Évidemment, viendront ensuite se joindre aux gosses de la colère de vrais filous qui ont la technique pour casser les vitres : tout se mélange à partir du moment où le désordre a commencé. Nous avons là probablement le problème le plus grave : comment réussir, en sachant qu'il faudra trouver continuellement des remèdes, et qu'ils ne seront jamais acquis ni définitifs pour un ordre humain ? L'évêque d'Alger m'a demandé de parler un soir. On attendait quarante personnes, il y en avait cinq cents, en majorité des adolescents musulmans. Quand je me suis tu, des gamins sont venus me voir après la cohue et m'ont demandé de redire cette phrase : « Vivre, c'est donner un peu de temps à des libertés pour, si tu veux, apprendre à aimer par la rencontre de l'éternel Amour dans le toujours de l'au-delà du temps… » Cela révèle l'appétit de toute une masse pour la réponse à la question : « Pourquoi vivre ? »

ALBERT : On vient d'évoquer deux sortes de dangers pour la société. Pour le second, l'inégalité insupportable qui débouche un jour sur l'explosion, on peut penser que la seule solution est : pas trop d'ordre et beaucoup de démocratie. Mais on ne voit pas comment éviter l'autre danger, celui des bombes réparties un peu partout, autrement que par un ordre policier où la police saura tout et pourra arrêter ceux qui auraient l'idée de les déposer. Le fou du roi était pratique, quand les dangers n'étaient pas bien grands. Les batailles d'autrefois ne tuaient pas grand monde à la fois. Aujourd'hui, il peut exister une violence totalement suicidaire, et c'est nouveau. Je ne vois pas comment une société pourrait faire face à ces deux dangers simultanément. Le seul moyen serait d'en arriver assez vite à une démocratie suffisante pour enlever à tous le goût d'attirer l'attention sur un problème par la violence des bombes. Est-ce possible ? Il y a urgence.

Beau ?

Pierre : Un événement m'est pénible. L'abbaye de Saint-Wandrille avait été restaurée, les moines s'y étaient réinstallés. Restait un réfectoire au plafond gigantesque très difficile à chauffer et très détérioré. Des baies avaient été fermées tandis qu'il était la propriété d'un lord anglais, puis de Metternich, dont la maîtresse avait régné sur l'abbaye. Se tenaient là des réunions mondaines, où le Tout-Paris venait voir jouer *Macbeth* et autres pièces. Il y a quelques années, dans le journal, quelqu'un des « Monuments historiques » annonçait : la décision est prise, le financement est trouvé pour restaurer le réfectoire qui retrouvera son état d'origine. Un article avançait le chiffre de trois milliards. J'ai reçu des lettres de braves gens militants me demandant : « Qu'est-ce que vous foutez dans une maison qui va dépenser trois milliards pour chauffer les moines ? » J'ai répondu et j'ai été les porter au père abbé. Dans l'embarras où il était, il m'a dit : « Mais cela donne du travail aux ouvriers ! » J'ai répondu : « Mais, mon père, si cet argent servait à faire des logements, cela donnerait aussi du travail aux ouvriers ! » J'habitais à Saint-Wandrille dans une cellule minuscule. Les autres moines ne vivent pas dans le luxe. J'y venais trois jours par mois. Quand j'y suis allé la dernière fois, j'y ai vu un réfectoire tout moderne avec des préfabriqués jouxtant la cuisine ; passant dans le cloître, les ouvriers étaient en train de défoncer les murs pour refaire les ogives d'origine. Finalement, j'ai écrit au père abbé. Cela m'a beaucoup coûté. J'ai aussi écrit à l'archevêque de Rouen, président de l'Épiscopat. Au père abbé, j'écrivais « Très cher père, merci sans fin pour tout ce que je dois à vous et à tous à l'abbaye, et merci de comprendre l'extrême difficulté où me place le devoir d'être, en actes, fidèle à ce qu'a été ma parole et l'action de cinquante ans de vie. Priorité au sanctuaire des familles : un logis, sans lequel, pour ceux qui crèvent de ne pas l'avoir, tous les prônes ne sont que langues étrangères, comme une moquerie. Il faut des lieux de culte et d'assemblée. L'État a raison de sauvegarder les beautés bâties par les hommes, et qui peuvent être la maison de Dieu, moyen d'évangélisation nécessaire plus que jamais en ce temps où la Terre entière a besoin de trouver son sens, et si vite. Mais des voix doivent inlassablement réclamer priorité au sanctuaire familial : ne pas admettre deux millions et demi de mal-logés, plus quatre cent mille couche-dehors donnerait aussi du travail aux ouvriers et aux entreprises. C'est un vrai chagrin, pour moi, d'être, en conscience, obligé de ne pas vivre à l'abbaye, quand il lui a fallu faire appel à tous, riches et pauvres, pour réunir les trois cent vingt millions de francs qui représentent le quart du coût de la rénovation imposée par l'État. » Le budget réel était d'un milliard deux cents millions de francs : l'État en prenait en charge la moitié, le conseil général le quart. Ne serait-ce pas une trahison de la vocation de ma vie que de ne pas demander d'abord tout pour les plus désespérés sans logis ? A l'archevêque, j'écrivais : « Cher père, lorsque, voici plus d'un an, la presse, avec d'ailleurs des chiffres exagérés, a annoncé la réfection du réfectoire de l'abbaye de Saint-Wandrille, j'ai porté au père abbé des lettres bien douloureuses de couples chrétiens apostoliques choqués. Le père abbé n'est pas sans souffrir de cet événement. Il est vrai que le chauffage du réfectoire par grand froid était difficile. Mais était-ce le moment pour l'État, et, par quasi-contrainte, pour le monastère, pour un quart de milliard deux cents millions de centimes, c'est-à-dire devant quémander trois cents millions de centimes, était-ce temps de lancer cela ? » Depuis ma maladie, les médecins n'ont pas voulu m'autoriser à retourner à Saint-Wandrille en permanence, ma cellule étant hors du corps des bâtiments. Mais j'y retournais régulièrement trois jours, chaque mois, en retraite. J'écrivais : « Les travaux considérables sont en train. Un réfectoire provisoire a dû être implanté. J'ai reparlé la semaine passée au père abbé et au père prieur, et, rentré ici, j'ai écrit la lettre que je vous communique. Elle m'est un chagrin ; cependant, ai-je le droit, à quatre-vingts ans, de scandaliser par rapport à la vocation particulière de ma vie ? De toutes parts à travers le monde, j'ai répété aux foules et aux évêques : "Il faut des sanctuaires." Mais, après avoir bâti quatre murs, un toit, des fenêtres, des portes, arrêtez les dépenses et dites que tous s'engagent à réaliser les embellissements désirables seulement quand, dans cette localité, il n'y aura plus une famille sans le premier sanctuaire sacré, un vrai logis. » Je ne pouvais pas renier cela par passivité… Je me rappelle en Équateur un évêque admirable. Devant l'église que l'on bâtissait, il a fait peindre un panneau où figuraient tous les embellissements que les architectes avaient prévus, et il a écrit : « Nous réaliserons ces beautés quand il n'y aura plus une famille sans logis. »

HÉLÈNE : C'était pour donner une idée de l'absolu

aux fidèles que l'Église utilisait tout ce que l'art pouvait traduire de merveilleux pour « saisir » le païen qui entrait dans les cathédrales. Aujourd'hui, que représentent ces lieux, que l'on mettait des générations à construire ?

PIERRE : On sait que la construction de Notre-Dame de Paris a duré au moins un siècle ; que des gens étaient animés d'une foi absolue, prêts à tout sacrifier. Des artistes y mettaient tout leur cœur. Entre parenthèses, il y avait des moments de détente et de rigolade : quand on va fouiller dans les coins à Notre-Dame de Paris, on voit, paraît-il, un personnage qui en bascule un autre, un type qui fait pipi : c'était leur récréation ! Reste à savoir, et je l'ignore, les conditions dans lesquelles la grosse main-d'œuvre a réalisé ces travaux. J'ai entendu dire que l'on élevait les pierres au plus haut niveau en procédant par accumulation de sacs de sable, à l'image des travaux qui ont érigé les pyramides. Quelle était la condition sociale, humaine, de cette multitude ? Il y avait les mystiques, qui étaient vraiment animés de l'amour de Dieu, mais comment les manœuvres étaient-ils payés ? Parmi la quantité de main-d'œuvre que cela supposait, il y a eu inévitablement des serfs envoyés par leur seigneur, qui n'avaient pas le choix… Bref, c'est merveilleux, c'est vraiment le signe d'une époque. Mais ce n'est pas outrager la foi que de chercher à connaître les ombres : comme dans tout ce qui est humain, tout n'a pas été que beauté ! La notion de l'Absolu est celle de ce qui ne peut être dissous. Dans le message qu'elle porte avec elle, l'œuvre d'art recèle quelque chose qui n'est pas transférable. Elle n'est pas « dissoluble », à moins de ne plus être la même œuvre. Elle est un écho de l'Absolu ; elle en est une parcelle infime, mais irremplaçable. Aucune œuvre ne peut être ramenée à des parties ; elle est un message dont la beauté sera diversement appréciée. Certains ne comprennent rien et n'aiment pas l'art abstrait. D'autres, comme mon ami Robert Buron, aimaient cet art passionnément, et, moi, je n'y comprenais pas grand-chose. Toute œuvre d'art authentique est une étincelle de l'Absolu à la fois illimité, non soluble… « Universel » est une expression imparfaite ; elle inclut inconsciemment pour nous une relation à l'univers. Or, la science nous fait bien savoir que nous ne pouvons pas affirmer que l'univers est sans limites. L'Absolu est ce qui est étranger à toute limite.

ALBERT : La construction des cathédrales n'a pas eu que des aspects merveilleux. Des ouvriers ont été complètement exploités. Les chanoines qui décidaient de leur construction le faisaient bien souvent par esprit de compétition : « J'en aurai une plus haute que celle d'à côté. » Ceux de Beauvais sont allés trop loin, et la cathédrale s'est effondrée. Les chanoines de Rouen vendaient des indulgences permettant de manger du beurre le vendredi, d'où la fameuse tour de beurre… Les motivations quotidiennes n'étaient pas toujours splendides, mais le résultat dépasse ce registre. Je pense à la pyramide à degrés de Sakkarah, une des plus anciennes au sud du Caire. Mon souvenir est une frise de najas ; une série de serpents épouvantables transformés par les artistes en une forme géométrique splendide. La beauté est venue d'une épuration. Statufier le naja, c'était probablement l'ériger en protecteur, à la manière dont les hommes de Lascaux espéraient une bonne chasse. Au passage, par une épuration de la forme, peut-être même sans l'avoir cherché, l'artiste crée l'art, un moyen de communication de l'indicible, du transcendant, de l'absolu. Mais s'il apparaît grâce à ceux qui l'ont sculpté ou peint, il est vivant grâce à moi, qui regarde. Quand on observe les cathédrales, on y trouve beaucoup de mathématique. Au début, les arcs-boutants étaient d'énormes massifs destinés à compenser la poussée des voûtes. Ils sont devenus source de beauté, quand ils étaient une nécessité technique. D'abord mal maîtrisés, ils sont devenus aériens. L'art n'est pas nécessairement voulu ; il apparaît sans qu'on l'ait cherché !

PIERRE : Concernant une œuvre de la complexité de la cathédrale, Notre-Dame de Paris est une des rares ayant les deux tours sur le même modèle. La construction s'étendait sur une telle durée que chacun y apportait une originalité. Dans ce cas, on s'est tenu à une discipline. Qui a conçu le plan finalement accompli ? Il y a eu là un véritable génie. Peut-être Lascaux ou Sakkarah ont-ils été très beaux sans que celui qui les réalisait le sache. L'artiste ne se distingue pas du maladroit parce qu'il cherche à représenter la beauté. Il ressent l'harmonie ; il l'apporte dans son œuvre. Certains dessins d'enfants sont déjà harmonieux. Je crois que l'art échappe à l'artiste. On le doit à l'artiste ; mais c'est beaucoup plus que l'artiste. Un bon musicien ne l'est pas par devoir.

ALBERT : Le fameux *Champ aux corbeaux* de Van Gogh me parle. Je ne peux même plus dire : « C'est beau. » Ce tableau me met en communication avec quelqu'un qui me fait sentir toute son angoisse. Quand je suis allé au petit cimetière d'Auvers, j'ai vu exactement ses champs de blé derrière les tombes ; et, cette fois-ci, Van Gogh était immortel. L'essentiel de l'art n'est pas la beauté ; il est la communication ; une communication en profondeur.

PIERRE : Une communication reçue en même temps que transmise. Il recevait ce champ de blé ; l'ayant ressenti, il ne pouvait pas ne pas le dire. Sortons dans le jardin ; regardons les branches de n'importe quel arbre, qui ne ressemble à aucun autre ; nous voyons de la beauté à chaque pas, et c'est un des malheurs des temps modernes de l'humanité, d'être si nombreuse à ne pas perdre du temps pour aller dans la forêt écouter les oiseaux, regarder pousser les feuilles des arbres. Pouvons-nous trouver un mot pour dire ce qu'est la beauté ?

HÉLÈNE : Un paradoxe : ce que vous appelez l'un et l'autre œuvre d'art est aussi le résultat d'une discipline. Laborieusement, avec passion, Van Gogh a appris à manier la couleur. Notre-Dame est le fruit de multiples disciplines et de savoir-faire conjoints auxquels s'ajoutait la mystique, une philosophie au service de laquelle devaient être tous les arts. Parler, écrire, c'est utiliser une discipline pour exercer une liberté. Le regret de Pierre concernant ce temps que l'on ne sait pas perdre ne provient-il pas d'une certaine uniformisation de la communication qui étouffe l'irruption de la vie ? L'art ne serait-il pas tout simplement l'irruption de la vie, à l'intérieur d'une discipline ?

ALBERT : Un grand ingénieur m'a dit : « La vérité technique est toujours belle. » J'y pense à propos du pont de Bretonne. A condition que ce soit la meilleure solution technique. L'art gothique en est une : c'est beau, parce que c'est vrai !

PIERRE : Le mot « uniformité » est un mot terrible ; c'est le « Satan » de l'art : dès qu'il comporte de l'uniforme, l'art est fini. J'ai vu sur « Arte » une émission allemande courageuse sur la montée d'Hitler au pouvoir. L'uniforme, c'est dix mille hommes alignés absolument dans l'uniformité : impossible de dire que c'est beau !

HÉLÈNE : Allons jusqu'au bout : cette uniformisation-là est une communication. Tous la même idéologie : on élimine l'irruption de l'imprévu…

ALBERT : Tout va bien, et tout est mort…

PIERRE : Cela amène une question : est-ce que l'on peut penser cela dans l'optique de la foi religieuse ? Le beau n'est-il, par son être même, qu'appel au bien ? Nous le pensons, dans la notion de péché. Marthe Robin l'a stigmatisé dans ses derniers supplices. Quand elle était torturée par Satan, elle disait : « Mais qu'il est beau ! » Ne peut-il pas y avoir du beau qui attire au mal ? Dans les défilés abominables de milliers d'uniformes, il y a une certaine beauté mathématique, c'est géométrique, et c'est pour le mal. Le beau peut être une attirance vers le mal, disait Marthe Robin. Je pense à deux textes. Le premier est, je crois, de Mallarmé : « Soleil, faute éclatante dans la pureté du non-être. » C'est le blasphème ! L'autre est d'Edmond Rostand : « Soleil, sans qui les choses ne seraient que ce qu'elles sont. » Le mal est dans l'être, et l'être en soi est bon. Saint Thomas définit le bien *« ab omni perfectione »* (n'est bien que ce qui en tout est parfait), *« malum a quocumque defecto »* (n'importe quel défaut fait que cela devient le mal). Mais le jugement de Dieu ne se base pas sur cette définition du mal. En soi, il y a du mal, parce qu'il y a de l'être. C'est là que je rejoins Mallarmé, pour qui le non-être seul était la pureté !

ALBERT : Mallarmé le dit du Soleil ; maintenant, on le dirait du fameux Big Bang. Le Big Bang a fait que quelque chose est. Tout le monde pose la question : est-ce qu'il y avait un avant Big Bang ? Mais il n'y avait pas de temps ; il est absurde de la formuler !

PIERRE : C'est tellement satisfaisant pour moi ! Je ne peux plus supporter d'entendre évoquer le Big Bang comme si on avait trouvé non pas seulement l'être mais la cause. Le Big Bang nous explique le comment, mais pas le pourquoi !

ALBERT : Et ce ne peut pas être un événement. On ne peut pas dire : « Avant, il n'y avait rien, et, tout d'un coup, il y a eu le Big Bang. » Remontant dans notre vision du temps, nous aboutissons à ce que l'on n'appelle même plus le Big Bang. On dit « une singularité », quelque chose dont on ne peut pas s'approcher tellement c'est étrange. Une singularité dans les équations ; un état où plus rien ne vaut de ce que nous comprenons dans l'univers, et, par conséquent, le mot « avant » est absurde concernant le Big Bang ; je ne peux pas l'atteindre.

PIERRE : J'ai bien réfléchi. Je pense que nous ne pouvons répondre à la définition du beau que sous cette forme : ce qui apporte une réponse à un besoin ; un appétit qui était en nous. Une attente, en nous, n'était pas comblée. Il y a mille formes, qu'importe ! Mais le beau est le moment où cette attente trouve, sur un certain plan, une réponse. Je conçois que certains puissent s'en satisfaire.

HÉLÈNE : L'époque classique a cherché à instaurer une définition académique du beau : seul peut être beau ce qui est symétrique, harmonieux selon les règles mathématiques de la géométrie. C'est une dictature de la pensée. Notre notion du beau est un concept chrétien par lequel l'Occident justifiait sa vision du monde pour l'imposer en vérité universelle. On a découvert l'Antiquité, mais on a aussi découvert le monde, d'autres cultures, d'autres modes de vie, de pensée, d'autres représentations du monde. Est-ce que, jointe à l'évangélisation des peuples, cette idée du beau n'a pas été un moyen d'imposer notre culture au monde ?

PIERRE : Oui, mais, depuis, je crois que c'est bien dépassé. L'humanité actuelle est consciente d'une infinité de variétés du beau. J'aime entendre la musique ; certains y seront indifférents. D'autres seront éblouis par la beauté mathématique. Lorsque j'avais seize ans, j'avais un très bon ami qui faisait « Math Élem ». Je concevais sa jubilation comme une forme de beauté. Je conçois mille formes de beau, mais certaines œuvres d'art que l'on nous montre parfois m'apparaissent imbéciles. Une forme d'ordre est pire que du mal. « L'ordre règne à Varsovie », disait-on après avoir tué tout le monde. C'est au nom de l'ordre que l'on veut l'extrême droite. Il faut sans cesse déshabiller les mots pour préciser de quoi on parle. Cette parole de saint Augustin chante très beau en latin : « Seigneur, tu nous as faits pour toi et notre cœur est sans repos », *« Domine facisti nos ad te et irrequietum est cor nostrum »... « donec resquiescat in te »*, « jusqu'à ce qu'il repose en Toi ». C'est une aspiration infinie qui sera toujours insatisfaite, jusqu'à la rencontre de l'Absolu. L'activité artistique est une manifestation de cette aspiration.

ALBERT : Qui apporte une réponse à une attente. C'est beau, parce que je suis là pour m'apercevoir que cela me répond ; cela répond à quelque chose qui était en moi. Je l'ignorais, et, tout à coup, je comprends que cela me donne du bonheur, que cela répond à mon appétit. C'est exactement ce qu'Einstein disait : telle théorie s'exprime par une équation qui n'est pas belle. Il en revenait à Dieu : Dieu a pu s'amuser, mais il n'est pas pervers au point de faire un univers décrit par de vilaines équations. Tant que je n'ai pas trouvé une équation qui me satisfasse esthétiquement, qui réponde à mon attente d'un monde ayant une certaine cohérence, ce n'est pas beau, donc ce ne peut pas être vrai.

HÉLÈNE : Pierre, parlant de la réfection du réfectoire de Saint-Wandrille, semblait relativiser l'œuvre d'art au contexte dans lequel elle s'érige. On pourrait dire la même chose de l'Arche de la Défense, de la Pyramide du Louvre, des locaux de Bercy ou de l'Opéra de la Bastille face à la carence de logements sociaux.

PIERRE : Je ne conteste pas le budget, d'ailleurs minuscule, des monuments historiques. On le supprimerait pendant cinq ans, la somme ne suffirait pas à résoudre le problème du manque de logis en France. Le Haut Comité au logement devrait, je pense, avoir pour projet d'élaborer une planification avec des gens compétents pour permettre aux hommes d'État de disposer d'un projet qui évaluerait sur dix ans les économies rendues possibles sur l'alcoolisme, la prostitution, les enfants abandonnés, les délits, la drogue, et autres questions relevant du manque de logis. Construire des logements décents, c'est du manque à perdre ; du manque à gâcher de la dignité, de la valeur de l'humain !

Savoir ?

HÉLÈNE : On a dit que Gutenberg avait libéré l'écrit, mais que l'école laïque avait libéré le texte. La démocratie suppose l'exigence d'un savoir partagé, utile à l'intérêt de tous. Cette affirmation n'est-elle pas singulièrement en péril ?

ALBERT : Jusqu'à présent, la science n'apportait pas des pouvoirs considérables. Elle faisait peur de temps en temps, mais pas beaucoup. Ceux qui faisaient peur étaient surtout les chimistes et les physiciens, essentiellement des bricoleurs. En médecine et en biologie, les progrès apparaissaient toujours bénéfiques. Voilà qu'en l'espace de vingt ans les médecins et les biologistes nous donnent les moyens de faire également des exploits atroces. En particulier, ils nous permettent de savoir comment va évoluer la santé de quelqu'un alors qu'il n'est encore qu'un embryon. Faut-il développer les recherches qui permettront de dire à une future maman : l'embryon que vous portez aura la maladie d'Alzeimer quand il aura quatre-vingt-cinq ans, ou telle autre maladie à tel âge ? Nous sommes devant des pouvoirs tellement étranges que nous n'y avons pas réfléchi. Il est urgent d'y penser : quels sont ceux que nous acceptons, et ceux que nous refusons d'exercer ? Qui va décider de dire « oui » ou « non » à des pouvoirs auxquels on n'avait jamais songé il y a vingt ans ? Il se trouve que Jacques Monod a écrit *Le Hasard et la Nécessité* juste à l'époque où ces questions s'ébauchaient. Les manipulations génétiques ont été lancées à partir de 1975. Monod ne pouvait pas les imaginer. On a trouvé, sans les chercher, ce que l'on appelle « les enzymes de restriction ». Elles permettent de découper puis de recoller le support du patrimoine génétique, d'enlever un gène, d'en remettre un autre, de mélanger les patrimoines génétiques de plusieurs espèces, de fabriquer des animaux, à la fois poulet et caille, d'autres mouton et chèvre, et, pourquoi pas un corps d'homme et une tête de chimpanzé ? On saura probablement un jour faire ces chimères. Le projet le plus effroyable consisterait à donner à chacun une source de pièces de rechange sous forme d'un jumeau plus jeune. Comment une démocratie pourra-t-elle répondre à cette question complètement neuve de refuser des pouvoirs ? Nous parlions d'une démocratie qui permettrait d'éliminer le mal-vivre des banlieues et de créer les conditions pour que personne n'ait envie de tout casser. C'est probablement réalisable. Mais comment mettre en place une démocratie qui ferait en sorte que chacun partage une position commune, acceptant telle recherche, et non telle autre ? Est-ce que la conquête de l'espace, à laquelle on consacre tant d'argent, représente un objectif sérieux, du point de vue démocratique ? A mon avis, non. Ce n'est pas une conquête, c'est à peine une exploration. N'empêche qu'au nom de la France, qui « doit » être la première partout, on nous dit qu'il faut y consacrer d'énormes crédits. Voilà un beau problème de démocratie, que de dire aux Français : soit vous êtes d'accord pour aller vous promener sur la Lune, et cela représente des centaines de milliers de logements en moins, soit vous pensez que cet exploit peut attendre et vous décidez que l'on construira des logements qui, eux, sont urgents. De même pour les budgets consacrés aux armements, au détriment des budgets de l'éducation ou de la santé.

PIERRE : L'opportunité historique ne serait-elle pas de se demander si cette folie des satellites et de la course à l'armement ne trouve pas sa justification dans le problème global de la nécessité de faire peur à l'autre ? Nous avons un atout, celui de pouvoir proposer de stopper cette course. Le changement de situation n'a pas supprimé les raisons d'avoir peur ; elles sont d'un autre ordre. La partie n'est pas gagnée ; elle a changé de données. Repensons nos budgets face à d'autres dangers qui ne sont plus la peur entre l'Est et l'Ouest, mais la peur de la misère, et, en premier lieu, de la misère psychologique d'une jeunesse qui n'a pas d'avenir, à laquelle il faut redonner un projet. Quel projet pour la jeunesse ? Il doit être élaboré par des gens assez compétents pour se dire : si on n'en fait pas des ânes, au prix de « x » sacrifices, dans tant d'années il n'y aura plus deux millions et demi de personnes mal logées, parmi lesquelles de plus en plus de gars et de filles de vingt ans qui ne voient pas s'ils pourront, même en bûchant très dur, être sûrs d'un emploi, ni s'ils pourront se mettre en ménage. Ils sont coincés de tous les côtés : à nous de leur apporter un autre projet, et c'est l'essentiel de la grande interrogation qui nous est posée. On commence à nous donner des chiffres, en hommes et en argent, de ce qu'ont coûté les guerres d'Indochine et d'Algérie. Il est faux de dire que nous sommes incapables de dépenser l'équivalent en logements. La peur de la misère n'est pas à venir ; elle est là ! De braves personnes m'ont écrit : « Il ne faut surtout pas dire aux gens qu'ils sont malheureux ; si vous ne leur en parliez pas, ils ne s'en rendraient pas compte. » Cela fait partie du penser commun des petits-bourgeois : « Ne parlez pas tant des pauvres, ils ne penseront pas qu'ils sont pauvres. »

HÉLÈNE : Ils ne penseront surtout pas qu'il est injuste d'être pauvre. Aux États-Unis, on empêchait les esclaves noirs d'apprendre à lire pour qu'ils ne découvrent pas dans la Bible l'incohérence de leur situation !

ALBERT : La responsabilité de celui qui sait est moins de partager le savoir que de partager les réflexions auxquelles l'a conduit ce savoir. Assimiler les théories de la physique quantique ou de la relativité est à la portée de la plupart des gens, mais c'est terriblement long ! On ne peut pas imaginer que tout le monde accumule le savoir nécessaire pour dominer la physique nucléaire. Par contre, il est important de partager les interrogations en donnant les informations nécessaires. Je préférerais que ce soit les chercheurs eux-mêmes qui fassent la traduction vers le public pour éviter les contresens. Je ne fais aucune boutade quand je propose que tous les professeurs d'université soient obligés de passer une partie de leur temps d'enseignement dans les usines ou les écoles. C'est un projet révolutionnaire et utile. Il faut qu'ils écoutent les questions. Ils s'apercevraient eux-mêmes qu'ils ne comprennent pas tout du premier coup, et que les choses qui leur paraissent importantes ne le sont pas tellement pour la plupart de leurs concitoyens. Surtout, ils apprendraient à parler français, et c'est possible sans déformer leur propos. Einstein a écrit des textes à la portée de tous ; mais, dans la société française, lorsqu'un chercheur de haut niveau se met à parler français, on pense qu'il devient un peu gâteux, et qu'il n'est plus un vrai chercheur. Tout le monde est persuadé que l'évolution des espèces s'explique par la sélection naturelle. Tout le monde a compris que, pour améliorer la moyenne, il faut éliminer les « pas bons », et on en conclut : si c'est vrai pour les espèces, ça l'est pour l'homme. Dans une société donnée, les « pas bons » sont donc ceux qui ont raté, ils peuvent être éliminés. Et voilà une vision de la société présentée comme « scientifique » ! Mon rôle est de dire : grâce à l'analyse des processus de l'évolution, on peut constater exactement le contraire. Les grands bonds de l'évolution ont été le fait d'individus ratés ou considérés comme tels : être raté, c'est ne pas être comme les autres, donc mal vu. Mais ce sont ceux-là qui ont apporté du neuf, de nouveaux métabolismes, donc de nouvelles possibilités ! La théorie de l'évolution est aujourd'hui très éloignée du darwinisme initial ; qui le sait ? Dans les écoles, on continue d'apprendre des concepts du XIXe siècle. Le devoir du scientifique consiste aussi à mettre les concepts à jour, pour qu'ils passent dans le public. Nous vivons sur des visions du XIXe siècle, alors que des mots comme « hasard » ou « déterminisme » ont complètement changé de sens.

HÉLÈNE : Vous parliez du *Hasard et la Nécessité*. Monod, prix Nobel en 1965, est considéré comme le père de la biologie moléculaire ; c'est aussi un ancien résistant. Son livre est en même temps une projection philosophique, dans laquelle il explique que l'évolution est commandée par la modification accidentelle du matériel génétique sous l'effet du hasard, répliquée et conservée par l'espèce, grâce, dit-il, au bénéfice d'un avantage sélectif. C'est encore la sélection naturelle qui en tire le bénéfice. Si les petits sont exclus, c'est normal, parce qu'ils sont faibles. *Le Hasard et la Nécessité*, publié en 1970, a lancé un vif débat : on y a trouvé l'Église, les progressistes, les communistes. L'abbé Pierre écrivait alors à Monod : « A vouloir écouter la musique avec les yeux ou respirer les couleurs, on peut sincèrement enseigner qu'il n'y a ni musique, ni couleurs, ni parfums, mais on se trompe. Vous avez raison d'en témoigner. Le microscope ne saisit pas l'Éternel, ni rien ne le saisit… » Son argument était que l'amour consiste en une liberté : que le plus petit soit servi en premier. C'est aussi sa définition de l'humanité. En 1970, vous découvrez la biologie ?

ALBERT : Monod était à la pointe de la connaissance. Il a eu le malheur d'écrire son livre à la fin d'une certaine vision scientifique, quand une autre allait être développée. C'est pour moi un livre du XIXe siècle, pour lequel déterminisme signifiait prévisibilité. On sait maintenant que c'est faux. Même dans un monde rigoureusement déterminé, demain n'est pas prévisible. On parle aujourd'hui des théories du « chaos ». En classe, nous avons appris la théorie de la gravitation de Newton. On en déduit que la Terre décrit une ellipse autour du Soleil, tout le monde est d'accord. Au début de ce siècle, Poincaré a compliqué le problème : il n'y a pas que le Soleil et la Terre, il y a aussi la Lune ; la Terre ne va donc pas décrire exactement une ellipse. A cause de la Lune qui tourne autour, elle va faire des fantaisies. Il n'y a donc pas une attraction, mais trois : la Terre, attirée par le Soleil, la Lune, attirée par la Terre et aussi par le Soleil. Ces trois forces en action doivent simultanément être prises en compte pour expliquer comment ça tourne. Poincaré se met au travail, ne trouve pas, et démontre qu'il n'y a pas de solution à cet ensemble de trois équations. C'est une trouvaille extraordinaire : on ne peut pas savoir où sera la Terre dans deux cents millions d'années. Peut-être sera-t-elle plus éloignée du Soleil ; peut-être s'en sera-t-elle rapprochée ; on n'en sait rien ! Ce qu'il y a de beau dans l'affaire est qu'à partir du moment où l'on enchevêtre des déterminismes on aboutit à un monde imprévisible, et l'homme le sait. Il va pouvoir prétendre être libre, puisqu'il est le seul à savoir que demain existe et qu'il n'est pas inclus dans aujourd'hui. Il va pouvoir lui donner forme, transformer la réalité physique ou sociale. Avec les théories du chaos qui se développent actuellement, l'univers n'est pas rigoureusement bloqué par le déterminisme, puisqu'il n'est pas prévisible ! C'est la liberté réinventée ; un des formidables apports de ce siècle. La liberté n'est donc pas seulement une invention de poètes, les scientifiques ne sont pas là pour dire « impossible », comme on le croyait au XIXe siècle. Or, Monod évoque un monde déterminé où la liberté est une invention de philosophes. Il parle du hasard ; un mot que, pour moi, un scientifique ne peut plus employer. Quand on oppose le hasard et la nécessité, on suggère deux acteurs du monde : la nécessité qui fait son travail, et le hasard qui met du désordre. On subodore que le hasard est une sorte de dieu grec. Certes, le déterminisme des lois est un acteur. Moins rigoureux qu'on ne l'imagine. Le « hasard » est un mot inutile. Dans ce monde imprévisible, il faut dire : « Moi, je vais faire des prédictions quand même. » Je vais raisonner en probabilités, énumérer des possibles et me demander : « Si j'agis, je vais peut-être changer les probabilités. » De ce fait, le hasard est un concept dangereux. Je vis dans un monde imprévisible, sur lequel je peux agir. Certes, l'existence d'un organe comme l'œil pose problème. Comment les petites mutations ont-elles pu fabriquer un œil ? Il en faut tellement ! Les premières étaient complètement inutiles, elles ne donnaient pas la vue. Une des explications a d'abord consisté à dire : « Dieu s'en est occupé. » Ce n'est évidemment pas une explication scientifique, mais des choses se sont produites pour en arriver là. C'est cela, le finalisme. La téléonomie de Monod n'en est qu'une forme : le monde aurait un projet. Dès lors, autant parler de Dieu !

PIERRE : Ce n'est pas le gros qui a mangé les petits pour permettre le tournant de l'homme ; ce sont les marginaux, les ratés. Il faut bien que, quel que soit l'interlocuteur avec lequel je parle, il comprenne que, dans ce cours d'événements ayant parcouru le temps, il y a eu un instant où l'humain est apparu dans le sens d'une partielle capacité de choix où s'ébauche l'amorce du « libre ». Avec l'apparition de l'homme, la maman peut être encore plus attentive au plus faible, au plus tordu. C'est là qu'apparaît pour moi la définition de l'amour ; le contraire de l'idolâtrie du moi, à partir du moment où « moi » n'est pas ma fin. Ma fin est un « moi » qui va être « plus » hors de moi, contrairement à la conception traditionnelle de l'enseignement chrétien dans lequel l'abnégation est la négation du moi : quiconque vit de l'abnégation devient « plus ». Dès que l'on reconnaît un phénomène incomparable, il s'est produit du « libre ». C'est le phénomène nouveau, qui fait que je ne choisis pas « moi » et me fait être « plus ». Vous disiez que ces choses n'existent que parce qu'un esprit est là pour les connaître, les voir, les comprendre. C'est très vrai, d'une certaine manière. J'avais fait le croquis d'un arc de cercle et j'avais écrit : « Le néant d'être seul. » Après le dessin d'un deuxième arc de cercle, j'avais écrit : « Être », être ne commençant qu'à partir du moment où l'on n'est pas seul. Puis s'unir, ces arcs se poursuivant pour se réunir en toute une série de courbes. Cette notion du néant est pour moi la clé de tout ; de la morale comme de la foi. Le néant d'être seul : là, ce que nous appelons du mot baroque de « Trinité » prend tout son sens. Pour moi, il faut arriver à cette conception que dès l'instant où, dans ce tohu-bohu, il y a eu ce petit truc qui était libre de bouffer ou de servir le petit, un univers autre était né, où la fatalité de la nécessité n'existait plus. L'expliquer par le hasard, c'était comme si M. Monod avait nié qu'il avait été libre d'aimer ou non Mlle Machin, comme s'il avait prétendu que le hasard seul lui avait fait choisir entre être « vache » ou ne pas l'être. Il y a bien des moments de votre existence où vous êtes conscient, incomplètement, que vous auriez pu agir autrement. C'est là ma réfutation et de la nécessité, et du hasard. On pensait que la science allait dispenser l'homme d'aimer ; qu'elle allait permettre une société où tout serait si bien prévu qu'il n'y aurait plus, à tout instant, à se dominer pour être servant. Je ne peux plus, quand je termine une lettre répondant à quelqu'un qui m'a dit : « Priez pour moi », employer la formule banale : « Je prierai pour vous ». Ce qui m'est venu tout naturellement est un peu plus long : « Je vous garde présent en moi dans l'effort quotidien pour être encore, malgré mes quatre-vingts ans, servant, offrant, adorant. » Ce n'est pas dans le vide, c'est dans cette tension pour être offrant. Cette parenthèse éclaire cet événement nouveau dans la chaîne des évolutions du vivant ; cette évolution est apparue le jour où une telle phrase a pu être écrivable.

HÉLÈNE : Est-ce qu'à une époque où la science place l'homme devant de tels choix science et philosophie peuvent se dissocier ?

ALBERT : Celui qui veut aller au bout de sa démarche est forcément un philosophe. Gagarine aurait dit : « Dieu n'existe pas. Je suis allé dans le ciel et je ne l'ai pas rencontré. » C'est un peu la même chose lorsque les scientifiques disent : « Mon microscope ne me montre pas l'existence de Dieu. » Jamais la science n'évoquera de tels concepts. Pour moi, la science est une série de modèles qui essaient de s'approcher de la réalité. On peut être heureux d'avoir démontré au cours de ce siècle que l'on n'arriverait jamais à l'atteindre. La physique quantique admet l'incertitude ; le théorème de Gödel nous amène à la notion d'indécidabilité. Pour moi, cela fait partie de ce qu'apporte la réflexion d'un homme, simultanément scientifique et philosophe. Jamais la logique n'épuisera notre capacité d'imagination, notre capacité de dire des phrases ayant du sens, mais dont on ne pourra pas démontrer qu'elles sont vraies ou fausses. L'effort de la logique est sans fin : la science a démontré elle-même qu'elle ne pourrait pas tout saisir !

PIERRE : Vous définissez le scientifique, le chercheur, comme celui qui ne pourra jamais cesser de tendre à l'extrême de sa recherche. Je crois que c'est très vrai. C'est à la fois son être et son devoir. Mais tout ce que vous dites ensuite nous conduit à constater que le vrai chercheur est celui qui ne s'arrête pas en chemin. Tant qu'il a un souffle, il peut essayer d'aller plus loin. Il est en même temps un être humain contraint, non pas par un choix, à une exceptionnelle humilité. Moins on sait de choses, plus on a l'impression de savoir beaucoup. Plus on en sait, plus est grand le cercle de ce que l'on ne sait pas. La recherche de chaque chercheur est sans limites ; il est contraint à l'humilité de savoir qu'il n'atteindra jamais de limite, ce qui le conduit à ne plus demander une simple satisfaction à des conclusions mathématiques absolues et définitives. Il en est à chercher, en bafouillant, pourquoi vivre. Ne le dites jamais, mais je suis dans une sorte de stupeur permanente de constater si peu de suicides dans un temps comme le nôtre, tellement l'univers semble imbécile et sans perspectives. Cette constatation, le scientifique ne peut pas l'omettre : à un instant, dans le devenir passé, est apparu du libre. Ce libre s'accroissait de plus en plus, en même temps qu'il était d'une certaine manière limité, contraint par la société. Mais, à partir d'une liberté très élémentaire chez les primitifs, cette liberté va s'affiner. Plus elle s'affine, plus il va y avoir conflit d'amas de libertés conflictuelles, et plus il va falloir une liberté d'une autre dimension pour faire face au problème de cohabitations multiples, à l'échelle des multitudes que l'explosion démographique nous fait entrevoir. Reconnaître qu'en même temps que survenait cet événement totalement imprévisible, qui a été du « libre », surgissait du « je t'aime » est essentiel. J'ai connu des camarades communistes dans la Résistance qui se laissaient torturer, tuer pour la liberté des autres. Ils n'attendaient plus rien pour eux. C'est cela, aimer : savoir que je ne suis pleinement moi-même que hors de moi. Moins dramatiquement, c'est ce que l'on va vivre tous les jours dans un couple qui continue à aimer en dépit des peines et des contrariétés. Le mot « prochain » est un mot que j'aime beaucoup dans l'Évangile. Lorsque Jésus répond au Pharisien par la parabole du bon Samaritain. Un pauvre type traverse la Samarie avec son âne ; il est juif de Judée, les Samaritains sont hérétiques. Il est attaqué par des brigands dans ce pays où on le regarde en ennemi. Passe un prêtre ; passe un sacristain ; ils ne s'arrêtent pas. Arrive un Samaritain. Il s'approche voyant le malheureux, apporte de l'huile, du vin, le panse, le remet sur sa bête, l'emmène à l'auberge, donne de l'argent à l'aubergiste et dit : « Il me faut continuer mon voyage, je reviens dans trois jours et je paierai les dépenses supplémentaires ; en attendant, soigne-le bien. » Le Pharisien demande : « Mais qui est mon prochain ? » La plupart des catholiques ignorent la réponse de Jésus : « Qui s'est fait le prochain de l'autre ? »

ALBERT : Je croyais que c'était « qui a été », et non pas « qui s'est fait » !

PIERRE : Mais c'est l'essentiel ! C'est très oriental : on lui tend un piège, et il répond par un autre piège. Les Pharisiens attendaient un truc bien « réglo », article tant du code, et Jésus répond par une interrogation : « Qui s'est fait le prochain de l'autre ? » Le Pharisien reste « baba », on ne lui a pas répondu. Et Jésus le quitte en lui disant : « Va, et fais de même ! » Ceux de sa religion l'avaient laissé crever, et l'hérétique s'était rapproché. Ce mot « prochain » est d'une richesse merveilleuse. C'est un mot relatif, qui ne présente aucun absolu, et, en fait, il est illimité. Gandhi disait : « Regardez au plus profond de vos religions. Puisque la Terre est ronde, toutes les racines se rencontreront ; approfondissez au lieu de vous bagarrer, et tout se retrouvera à l'essentiel. »

HÉLÈNE : On retrouve là le cœur du débat entre le scientifique, le philosophe et le citoyen ?

PIERRE : Il n'y a pas de débat, il y a détresse simultanée, conjointe, fraternelle. Celui que vous appelez le philosophe est conscient d'être sans compétence en mille circonstances ; le scientifique est conscient d'être sans finalité, et les deux ont un absolu besoin de s'atteler pour tirer la même charrette ; ce sont deux détresses réelles. J'ai été un mauvais député parce que rien ne m'y avait préparé. Je n'avais aucune notion du droit ; aucune notion historique, politique. J'étais tout à fait médiocre ; c'est pourquoi je parle de détresse. C'est un mot qui me parle très fort ; c'est le « pas assez » insatisfait. Le mot « satisfait » est le plus abominable : par la tricherie, quiconque dit qu'il est satisfait.

ALBERT : Vous dites : les scientifiques n'ont d'autre finalité que celle d'essayer d'avancer dans leur domaine. Je ne m'en satisfais pas. Je me demande parfois si cette insatisfaction vient de mon éducation de petit catholique. Au fond, si on ne m'avait pas inculqué ce besoin de transcendance que l'on peut appeler Dieu, peut-être n'éprouverais-je pas cette soif. Des gens comme les communistes ne sont jamais satisfaits parce qu'ils ont à construire un monde des hommes dont ils espèrent qu'un jour il sera parfait, mais ils savent que ce sera long. Le petit chrétien ou le petit musulman se dit : « Tout ce que je découvre est bien beau, cela satisfait quelques inquiétudes, mais jamais la grande. » Entre les deux, nombreux sont les scientifiques satisfaits de ce qu'ils pensent et de ce qu'ils font. Ils semblent sans insatisfaction profonde : ils sont payés pour faire de la science, ils ne font pas de politique, parce que tous les politiciens sont des affreux ; ils ne veulent pas mettre le doigt dans une religion, car toutes les religions enferment ; ils sont donc tranquilles avec leur science. Nous connaissons tous des exemples de scientifiques satisfaits. Ils ont de hautes responsabilités, mais sont de vrais scientifiques du XIXe siècle. Il serait intéressant de discuter avec eux, ils ne sont pas des imbéciles, mais ils sont des anguilles.

PIERRE : Il est inquiétant d'être amené à dire de quelqu'un portant de hautes responsabilités : « C'est une anguille ! »

HÉLÈNE : Cherchons à comprendre certaines attitudes répandues. C'est un monde de gens qui ont peur de se tromper. Ils ont fait de longues études durant lesquelles ils ont appris à éliminer leurs idées personnelles. Ce qui compte le plus, pour décrocher des diplômes et un statut, est de savoir dire ce qui pourra être écouté, plutôt que ce que l'on pense réellement à partir de ce que l'on a appris. Ils ont vécu cela, étant encore jeunes et généreux. Une fois installés à leur poste, ils savent que leur carrière ne leur sera accordée qu'à condition de plaire. Ils apprennent à ne plus entendre la voix intérieure qui les fait continuer à se mouvoir. Ils sont devenus d'une prudence, certes nécessaire, parce que leur travail nécessite de la prudence ; mais ils se gardent de tout engagement philosophique, de toute déclaration qui pourrait être réduite, de tout terrain glissant. Le monde se chargeant de plus en plus de points d'interrogation, isolés de la société, ils pensent être les seuls à devoir répondre. Nous avons un monde fermé sur lui-même, frileux, prisonnier d'écoles et en proie à des querelles passionnées à l'occasion desquelles on s'invective avec violence. Aucun, à ma connaissance, n'échappe totalement à cette caricature. Le monde du savoir n'est pas une exception. Tous ceux qui croient détenir un pouvoir peuvent se reconnaître.

PIERRE : Comment avoir le dialogue ? S'ils ne l'ont pas été à un âge avancé de leur course, comment faire pour qu'ils s'ouvrent à cette autre dimension que celle de la concurrence ou de la carrière ? Un prêtre brillant, ami de ma famille, est venu un jour bardé de toutes sortes de doctorats. Par-dessus le marché, il était extrêmement bel homme. Plus jeune que lui, j'étais alors capucin depuis peu ; nous avions été copains avant qu'il entre au séminaire. Je lui dis : « Parce que je t'aime bien, en te voyant comme tu es, je crois que je ne pourrai pas m'empêcher de demander au Bon Dieu que, pour quelques années, il t'envoie quelque chose qui te casse. Tu es tellement satisfait de toi, parce que tout t'a réussi, que c'est triste. Tu loupes une dimension, et peut-être que seul du malheur pourrait t'ouvrir les yeux ! » Heureux les pauvres ; l'Évangile nous le dit sans cesse, mais il y a tant d'exploitations frelatées. « Tu es pauvre, tu as bien de la veine ! » « Heureux les pauvres – de cœur ! » Si un grand patron fait bien son travail pour pouvoir donner aux travailleurs ce dont ils ont besoin, il est aimé, il n'est pas jalousé, il est pauvre de cœur. Je me rappelle une marche dans le Sahara il y a trente ans pendant la guerre d'Algérie. Nous allions porter du lait en poudre et de la farine à des rois du désert ruinés parce qu'on avait dynamité tous les parcours des caravanes pour empêcher les armes et les munitions de passer dans les Aurès. Ils avaient eu mille chameaux ; leurs bêtes étaient crevées en trois mois faute de points d'eau. Ils avaient été les protecteurs d'une oasis, et ceux de l'oasis voisine appartenant à un autre clan venaient pirater chez eux. Dès qu'il me voyait arriver, le plus vieux allait chercher toutes ses décorations de la guerre de 14-18 et se mettait à raconter les hauts faits de son fils, qui se battait dans les Aurès comme fellaga. Je devais quitter ce lieu le jour du putsch d'Alger. Le capitaine qui commandait le poste français vint me trouver et me dit : « Ce n'est pas la peine que l'on vous emmène à Fort-Lamy, nous ignorons ce qu'il se passe mais la radio annonce qu'il n'y aura pas d'avion. » Il revient pour me dire : « Voilà : il y a un putsch à Alger. Que faire ? – Vous n'avez pas de moyen de vous informer ; vous avez à faire que l'on ne tue pas, que l'on ne vole pas, qu'il y ait un minimum d'ordre. Faites votre boulot ; là-bas, c'est une histoire de grands képis, qu'ils s'arrangent entre eux. » La semaine d'après, j'ai pu partir avec des chameaux d'un ermite dominicain, dont le frère était général en chef de l'armée belge en 1939-1940. Dès que le caritas envoyait de la farine et du lait en poudre, il allait ravitailler les tentes des gens ruinés. Après quarante-huit heures, nous n'avions pas trouvé de point d'eau. A un moment, je me suis vraiment demandé si l'on n'était pas trahis et si notre guide ne nous avait pas égarés pour nous plaquer. Finalement, nous sommes arrivés à un endroit où se trouvait ce qu'ils appellent une prairie : un ajonc tous les mètres carrés. Mais nos chameaux allaient pouvoir manger. Après avoir marché deux jours et être arrivé au doute, j'avais vu ce point d'eau. J'ai souvent fait la comparaison avec la charité : si, dans le désert, l'eau ne cesse pas d'être présente, c'est bien que quelque part, je ne sais où, il y a une réserve. Or, sur Terre, même de la manière la plus banale, la moins spectaculaire, il y a de l'amour de tous côtés. Il serait intéressant d'avoir un entretien avec l'un de ces scientifiques qui se croient neutres. Il pourrait l'avouer : oui, il y a une part en moi qui a mal.

HÉLÈNE : Parce que celui qui a mal, et qui le dit, n'est plus neutre ?

PIERRE : Celui qui prétendrait qu'il n'a pas mal me fait peur. J'ai eu entre les mains des photos de Renan, vieux, dodu, boursouflé, avec le visage rayonnant de celui qui a triomphé. Et, sur l'autre page, je voyais la photo de son petit-fils, Psichari, le visage hâlé par le désert. C'était un contraste terrible. A quelqu'un qui dirait : « Je suis content comme cela », je ne pourrais pas m'empêcher de répondre : « Enlevons nos masques ; ne trichons pas ! » Lorsque Albert disait « le scientifique ne peut pas ne pas poursuivre indéfiniment la recherche », je me suis rappelé les premières paroles d'Einstein lorsque je l'ai interrogé : « On m'a demandé de mettre ma science au service de l'armement atomique, j'ai refusé pendant des années jusqu'au moment où les services secrets américains ont pu m'apporter les preuves irréfutables du danger que, par un autre chemin, Hitler ne disposât en quelques mois de l'arme atomique. Alors j'ai donné tout ce que je savais, j'ai apporté ma coopération totale. » Les scientifiques parvenus à cette lisière n'ont-ils pas des secrets que, dans leur conscience, ils sont obligés de taire ? Je le pense.

ALBERT : Pourquoi s'arrêteraient-ils d'eux-mêmes ? Ils ont le plaisir d'être les premiers à réussir une manip. Le scientifique ne veut pas savoir qu'elle peut conduire à la catastrophe ! Il est tellement pris par le désir d'être le premier qu'il ne se rend pas compte qu'il devient dangereux. Il a fallu beaucoup d'efforts à des gens comme Oppenheimer pour être conscients du danger nucléaire. Beaucoup ne l'ont pas suivi. Il a été considéré comme un traître. Dans le domaine de la biologie, des gens comme Jacques Testard sont considérés par certains comme des farfelus.

HÉLÈNE : Le problème n'est-il pas ailleurs ? Chercher, en soi, n'est pas dangereux. Mais savoir ce qui est fait du résultat est autre chose. Il est peut-être intéressant de savoir si l'on aura un cancer à quatre-vingts ans ; si la biologie est utilisée pour vous empêcher d'avoir un poste dans la profession que vous avez choisie, le choix se place sur un autre registre. Cette question regarde l'ensemble de la société.

PIERRE : Et elle regarde l'éducation que cette société donnera à ses membres, et aux plus faibles de ses membres, aux enfants, et même aux débiles. Ne serait-il pas dans la sagesse humaine, comme l'Histoire nous l'apprend, que les scientifiques aient une structure internationale dans laquelle ils se rassembleraient pour mettre en commun, avec pour condition d'appartenance l'engagement, le serment de ne pas faire connaître ce qui a été trouvé sans l'acquiescement unanime ?

ALBERT : En 1957, à la suite d'un appel d'Albert

Einstein et de Bertrand Russell, s'est tenue la conférence de Pugwash ; il y a eu un essai en France avec le Mouvement universel de responsabilité scientifique (MURS), mais cela ne suffit pas. Les scientifiques sont très personnels, très dispersés, trop souvent menés par le désir d'aller plus vite que les autres. Sans doute l'existence des prix Nobel est-elle une catastrophe, car elle contribue à orienter la recherche vers les domaines où le prix est possible, en laissant tomber ceux où, de toute évidence, on sait qu'on ne l'aura pas. Les prix Nobel ne sont pas donnés en fonction de l'aide apportée à l'humanité. Le système consiste à donner un prix au meilleur élève, celui qui a réussi le premier la plus belle manipulation. On ne cherche pas en priorité les médicaments qui pourraient soigner des maladies que l'on rencontre principalement dans les pays non solvables ; la recherche en prend un coup.

PIERRE : Ne pensez-vous pas qu'il faut nuancer ? D'admirables personnalités se sont crevées en essayant de diminuer les souffrances de l'humanité. Généraliser, c'est perdre tout crédit. Vers la fin de la guerre, j'ai entendu dire que la pénicilline était connue bien avant d'être mise en circulation, mais que des stocks de sulfamides devaient être écoulés. Le monde du business aurait retardé la production de la pénicilline.

ALBERT : C'est possible. Les sulfamides n'étaient pourtant pas supplantés par la pénicilline, la production de pénicilline coûtait horriblement cher à l'époque.

PIERRE : Jayaprakach Narayan a fait appel à cinquante personnes à travers le monde au moment de la guerre du Bangladesh. J'ai été appelé avec Daniel Meyer pour une conférence à New Delhi. On nous a exposé la situation de dix millions de réfugiés musulmans fuyant le Bengale et affluant autour de Calcutta déjà surpeuplée. A mon retour, j'ai lancé un appel aux trente-cinq mille mairies de France en leur décrivant la situation et leur disant : « Ils crèvent. Pourquoi ne feriez-vous pas un jumelage avec un camp de réfugiés ? » Quinze jours plus tard, la guerre était finie. Les gens ont quitté les camps pour retourner dans les villages souvent incendiés. Parmi les jumelages ayant survécu, l'un existe dans un endroit appelé Savar. Un médecin bengali a établi, en se référant à celle de l'Organisation mondiale de la santé, une liste de quatre-vingts à quatre-vingt-dix médicaments fondamentaux avec lesquels toute maladie peut être traitée à partir de produits naturels, trouvables sur place. Ce docteur a utilisé tous les moyens dont il disposait pour construire une usine de médicaments indigènes. Des émeutiers ont été payés depuis des distances de cent kilomètres par les fournisseurs de pharmacie, qui ne trouvaient plus à vendre dans la région, pour l'incendier. On leur avait expliqué que les médicaments étaient fabriqués pour rendre chrétiens les musulmans. Apprenant cela, je me suis précipité à l'ambassade du Bangladesh. L'ambassadeur m'a dit : « Rassurez-vous, le docteur est en vie, on rebâtira l'usine. Elle fonctionne, et c'est une réussite. » Nous savons que l'humanité est composée à la fois de gredins disposant parfois de moyens importants, et de merveilles, qui ne sont pas souvent célèbres. Nous savons que nous avons à y jouer notre partie d'hommes. Ne soyons pas angéliques. Nous avons à jouer cette partie dans cette humanité réelle ; concrète, comportant des canailles ; des trafiquants de fric, de drogue, de femmes ou d'enfants. En même temps, il y a ceux qui sont prêts à risquer leur vie pour sauver leur prochain, même s'il n'est pas de la même couleur ni de la même religion.

C'est cela, la réalité humaine. Dans un dialogue que j'aurais avec l'un de ceux qui se disent neutres, je dirais : une question m'a travaillé toute ma vie et continue de le faire, c'est la brièveté de la vie humaine face aux aspirations que nous avons, qu'il s'agisse du chercheur, du spirituel, de la sœur de charité ou des parents qui élèvent leurs enfants. Je suis toujours irrité quand j'entends des prédicateurs chanter les louanges de l'admirable dessein de Dieu portant sur des millénaires. Bravo, je veux bien que cela finisse merveilleusement, mais, pour cette hypothétique merveille dans le temps, le Bon Dieu n'a pas l'air tellement sensible à cette marmelade de piétaille de milliards d'êtres humains broyés, piétinés. Alors, foutez-moi la paix avec vos grands desseins !

HÉLÈNE : Qu'il soit scientifique ou théologique, le déterminisme est vraiment foutu, avec vous deux !

PIERRE : C'est important. Nous avons continuellement à nous préoccuper des deux desseins, c'est-à-dire de la réussite de ce petit quelque chose qui est ma vie, et peut-être celle de mon proche voisin, de ma famille, de mon copain, à s'entraider à faire une vie réussie, qui n'ait pas été nulle. En même temps, nous rejoignons là la notion de société, nous sommes conscients d'un enchaînement dans la durée. Pour ma part, je crois absolument à ce que nous appelons l'apparition du Christ, Roi du cosmos, la manifestation du Verbe de Dieu, créateur de ce cosmos et peut-être de cent mille autres dont nous n'avons pas la moindre idée. Je crois en une Parousie dans laquelle apparaîtra que tout cela n'a pas été rien, mais je ne peux pas m'empêcher de souffrir au fond de moi en pensant : mais, mon Dieu, en attendant ? On me parle d'une carrière de marbre merveilleux. J'y vais et je ne vois que des bouts de cailloux inutilisables. Bien sûr, car le palais que l'on veut bâtir avec ce marbre s'édifie ailleurs. Je suis certain d'une édification au sens d'un monde, d'une société, d'une communion d'êtres libres d'amour, hors du domaine que je connais.

Vérité ?

HÉLÈNE : La notion de vérité comporte certainement bien des guillemets à l'échelle humaine, ou à celle des civilisations. Qu'en est-il s'agissant de certitude scientifique, religieuse ou de confiance en des idéaux agnostiques ?

PIERRE : Je conteste que les scientifiques aient le monopole de la recherche. Comment mettre un peu de sel dans la soupe et pas trop ? C'est la première recherche. Tout être humain est chercheur. Tant que le cosmos est le cosmos, pas de problème. Les choses suivent leur cours mécanique. Il n'y a pas d'autre explication à cette énigme du mal que la liberté. Pour moi, l'acte de foi se résume à un acte d'amour. Vient un moment où on plonge ; ce n'est pas la raison qui conclut : c'est l'être, se sentant fait pour aimer. J'en reviens à l'image de la cire dans laquelle le sceau a été planté. Nous passons notre temps à faire le mal, nous mettons de la boue dans telle ou telle partie de l'empreinte, et on ne la voit plus. Débarbouillons-la et nous retrouverons l'image de l'Absolu qui me tourmente : faim de connaître pour le scientifique, faim de baigner dans les nombres pour le mathématicien, dans les harmonies pour le musicien. La présence accumulée d'arguments nous ferait douter : « Cela n'arriverait pas si Dieu existait. » Mais la foi, c'est : « Je crois que

Tu es Amour quand même. » Et le « quand même » est capital. Sans lui, ma foi n'est pas crédible ; elle n'est pas acceptable. L'autre me dira : tu triches ; tu as deux yeux. Un pour voir le mal, un pour voir le bien. Si l'on ne regarde que les fleurs qui fleurissent et la beauté des étoiles, on met la main sur l'autre œil pour ne pas voir l'horreur, et on se ment.

ALBERT : Pour moi, l'existence d'un monde ne conduit pas du tout automatiquement au concept de mal et de bien. Le monde est, les cailloux sont, les bactéries sont. Une bactérie ne peut faire ni bien ni mal. Elle obéit, elle est déterminée, elle suit des lois qui font aussi que la Terre tourne autour du Soleil. Mais, comme vous le dites, ce qui introduit le concept de bien ou de mal est la liberté. Comment se peut-il que ce monde, composé à l'origine d'une espèce de soupe faite de toutes sortes de particules, de photons, ait abouti à un objet capable d'être libre de faire le bien et le mal ? On peut esquisser une réponse scientifique : nous sommes dans un univers tel qu'il crée des objets de plus en plus riches, de plus en plus complexes qui s'agglomèrent et forment des ensembles intégrés. A chaque nouveauté, apparaissent des pouvoirs nouveaux. Il se trouve que l'aboutissement de cette complexification est un être étrange, l'homme, qui, lui, a été capable de ne pas se contenter d'être et de savoir qu'il est. Un être doté de ce que nous appelons la conscience. Sachant qu'il est, il peut également savoir que l'autre est, et créer un lien entre l'autre et lui. Un homme seul ne fait ni bien ni mal. Les concepts de bien et de mal, de liberté, ne peuvent pas exister lorsque l'on est isolé. Il faut être au moins deux, et maintenant, nous sommes plus de cinq milliards. C'est au contact de l'autre que l'existence de chacun prend son sens. En même temps qu'il prend conscience qu'il est, que l'autre est, il crée un lien. Vous dites le mot « Amour ». Moi, de façon plus sèche, je dirais communication, interaction de l'un sur l'autre. La liberté se construit à ce moment : c'est une façon d'être ensemble, que l'on va progressivement choisir et construire, bien, mal, en fonction du lien qui la fait naître.

PIERRE : Être ensemble, ou en se bouffant, ou en étant main dans la main. C'est là le choix, c'est là où nous rejoignons ce que j'appelle la liberté. Dès qu'il a rangé ses défunts côte à côte, il y a eu homme. D'évolution en évolution, nous arrivons à ce que nous sommes aujourd'hui, qui nous fait parler, raisonner. Nous découvrons là, et c'est pour moi un pas de plus, que se trouvent en l'homme deux tendances : une de communion, et une de suffisance. Je me suffis, et par conséquent je veux posséder, m'approprier ; ou, au contraire, la communion, jusqu'au point le plus parfait : tu souffres, j'ai mal et ensemble, on lutte.

HÉLÈNE : Peut-on être aussi absolu dans cette affirmation ? Il y a un peu plus de cinq cents ans, l'homme chrétien occidental a conquis l'Amérique avec cette idée de posséder la Terre ; il voulait dominer, « avoir » pour « être ». La possession devenait progressivement l'exploitation du monde par l'homme. Ces Occidentaux ont trouvé face à eux des hommes qui n'avaient pas pensé qu'ils pouvaient être absorbés, exploités et disparaître.

PIERRE : La crainte joue autant que la possession. Peut-être faudrait-il aller beaucoup plus loin. Peut-être faudrait-il avec Teilhard de Chardin penser qu'il y a une tendance de bien qui est tout ce qui, à travers toutes les péripéties et les horreurs, continue son chemin vers le « Un », et il y a une résistance du non-être, le mal étant le non-être se refusant à cette plénitude de l'être. Je suis certain qu'il y a peur. Mais Teilhard y voit métaphysiquement une sorte de résistance du non-être, du néant. Peur d'être.

ALBERT : Ce n'est pas seulement cela.

PIERRE : Quand j'avais terminé d'écrire « un papier », j'avais l'habitude de dessiner un trait au bas de la page. Un beau jour, j'ai eu l'idée d'en faire un autre qui le rejoignait, et devant le premier trait, j'ai écrit « le néant d'être seul » : il n'y a pas être tant qu'il n'y a pas relation. Dieu conçu autre qu'aimant et par conséquent Trinité, c'est le néant. Commence l'être quand il y a relation, et poursuivant la relation, se rencontrer : je dessine deux traits qui se croisent, et ensuite, s'unir : un cercle qui englobe ces traits, et puis un épi : se donner, à la rencontre de ce cercle et de l'un de ces traits, et, finalement, on arrive à deux lignes droites formant la croix du Christ, face à l'épi, à la rencontre du cercle et de l'autre trait : s'éterniser (voir dessins ci-contre).

ALBERT : Je dirais exactement la même chose en parlant de tout ce qui se produit dans l'univers. Un peu partout, il y a des noyaux d'hélium ; faits de deux protons, deux neutrons. De temps en temps, trois de ces noyaux se rassemblent ; cela fait six protons et six neutrons, c'est-à-dire un noyau de carbone. Chacun des noyaux d'hélium était incapable de faire quoi que ce soit. Quand ils forment à trois un noyau de carbone, ils constituent un objet qui s'unit à d'autres. Le simple fait d'être ensemble en un tout intégré fait apparaître des pouvoirs nouveaux. Ce processus a commencé aussitôt après le Big Bang. C'est le grand mystère de notre univers. Ensuite, les carbones se mettent ensemble et constituent des molécules de plus en plus riches, et, un jour, on aboutit à un être aussi complexe que moi. Mais, moi aussi, un homme, tout seul, je suis comme un noyau d'hélium, je ne sais pas faire grand-chose. A partir du moment où je forme un ensemble d'indi-

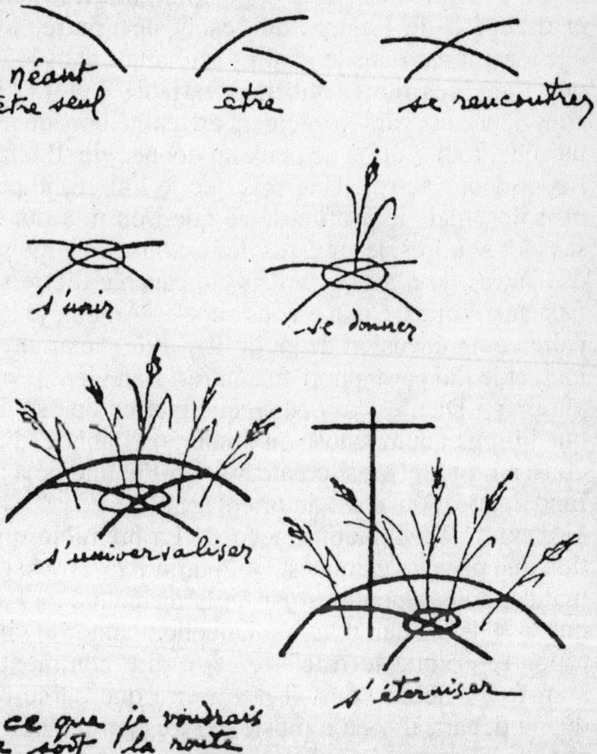

... ce que je voudrais
que soit la route
de ma vie
par la force de Jésus Christ
vers le Père Tout Amour
dans le souffle et le feu de l'Esprit
du Père et du Verbe s'aimant.

Abbé Pierre
+

vidus ayant des liens, qui se rencontrent, s'unissent, s'opposent mais interagissent, je crée un ensemble nouveau, une collectivité. Bien sûr, dans cet ensemble, il y a des interactions d'opposition, de destruction et d'appétit de l'autre ; de besoin de l'autre. Mon « je » n'est pas dans le « moi » seul, mais dans le lien que j'ai. Mes liens sont mon variable « moi ». Ma conscience est paradoxalement en réalité hors de moi, puisque, tout seul, je ne peux lui donner vie. Il a fallu l'apport des autres. Une fois que je l'ai eu, je peux m'isoler, mais je profite de ce que l'on m'a donné : sans les sourires, les regards, les espoirs, les angoisses des autres, je n'aurais jamais été capable d'être seul face aux étoiles. Ce que vous appelez Amour, je l'appelle compréhension de ce qu'il y a de plus riche en moi, et je l'ai par rapport aux autres. J'en viens à votre phrase : « Dieu est… » Mais que met-on après ? Dès que l'on met autre chose qu'amour, on l'abîme, dites-vous. Si on met « est créateur », on l'abîme déjà : au fond, la création, c'est du bricolage !

PIERRE : Totalement d'accord ! La première question que pose un gamin est : « Pourquoi ? » Nous, gros malins, nous répondons par de la technique : « Parce que. » Il demandait pour quoi, quelle finalité ; et on lui répond : « Voilà le truc », c'est-à-dire comment. Il s'en fout ! Selon vous, il n'y a être que parce que, dès le départ, il y en a plusieurs. Ces particules vont aboutir à l'atome de carbone parce qu'il y en avait déjà deux. S'il n'y en avait eu qu'une, ce serait le néant : c'est ce que j'écris : « Le néant d'être seul. » C'est vrai de la matière, c'est vrai de l'Éternel. C'est la raison pour laquelle l'Éternel est Trinité. Parce qu'il est Amour, il ne peut pas ne pas se donner. S'exprimant, il n'est déjà plus seul, car il a dit le Verbe. Et le Verbe le voit et l'admire. Il admire le Verbe qui est son image parfaite, et tourbillon d'amour dans le souffle du Père et du Verbe s'aimant, *spiritus*, le Vent de l'Esprit saint.

ALBERT : Il me semble que la règle du jeu scientifique est de ne jamais dire « pour ». La pierre ne tombe pas « pour » s'écraser, mais parce qu'elle ne peut pas faire autrement, donc la science ne peut utiliser que des « parce que ». On m'interroge à propos de l'« instinct » des animaux. C'est un mot que je n'emploie jamais. Quand un écureuil ramasse des noisettes, ce n'est pas « pour » l'hiver. « Parce qu' » il fait froid, il reproduit une vieille technique de sa « paroisse ». Dans la nature, demain est la conséquence d'aujourd'hui. Seulement, comme « moi je » suis un homme, j'ai inventé que demain existera. Du coup, je peux transformer ce demain. C'est là que j'ai la liberté de le faire bien ou mal. Sans conscience, sans capacité d'imaginer demain, il n'y a pas de « pour ». Le plus extraordinaire est que ce monde où existent des « parce que » ait produit un personnage capable de dire « pour » parce qu'il a inventé le temps. Le temps n'existe pas dans la nature ; c'est nous qui avons inventé un passé, un présent, un avenir, le présent étant d'ailleurs inexistant. Dès que nous savons que cet avenir existera nous devenons un peu libres de le transformer ; un peu, car il y a des contraintes. Je vois là la grande spécificité de l'homme : il parle de demain, donc il fait des projets. Un homme sans projets est déjà mort. En particulier, le projet premier est : comment vivre ensemble ? Je reviens à cette notion de création. De même que l'on dit maintenant : « La vie n'est pas apparue sur Terre, il y a eu une continuité dans l'apparition d'objets de plus en plus riches, de plus en plus capables de pouvoirs nouveaux », de même, pour moi, il n'y a pas eu création du monde, cela n'a guère de sens.

PIERRE : Le « Big Bang » ne dit pas qui est le « bigbangueur » !

ALBERT : Il n'y a pas de « bigbangueur ». Finalement, le Big Bang est une mauvaise façon de présenter les choses : elles n'ont pas eu lieu à un certain instant. Qu'il n'y ait pas d'espace avant le Big Bang, on comprend, mais pas de temps, notre esprit le comprend très mal ! Il faut se reporter à moins l'infini, de toute façon inaccessible.

HÉLÈNE : Il y aurait donc des lois auxquelles obéit la nature. Si l'on fait exception de l'homme, elles ne sont pas transgressées. A la différence des autres êtres de la nature, l'homme élabore lui-même des lois pour vivre en société. Ces lois sont faites pour être transgressées : à mesure qu'il évolue dans l'Histoire, l'homme réinvente sans cesse ses lois à partir de certitudes provisoires. C'est inconfortable; c'est déstabilisant. Croyant ou non, l'homme met une foi dans les valeurs qu'il choisit. La foi n'a-t-elle pas pour fonction de superposer une vérité, la loi des hommes à celle de la nature ?

PIERRE : Tout à fait. Je suis indigné lorsque j'entends les moralistes recourir à la loi naturelle. La loi naturelle régit tout l'univers par des « parce que » dans un ordre logique où tout ne subsiste que par la domination de la force. En réalité, la morale humaine provient de ce qui est être; de l'accès à une capacité de choix qui n'est plus déterminée par la loi fatale selon laquelle, pour que survive et se reproduise une espèce, le gros doit bouffer le petit. Apparaît l'homme. Un type dont le copain s'est cassé la jambe va vers lui, ou, si c'est un salaud, s'en va et le laisse. Nous pourrions trouver mille exemples de ce genre dans lesquels le choix n'est plus la force. Là où le faible est aimé, peut-être est-ce seulement à ce moment que nous rencontrons le divin. Croire est un acte d'Amour. Ce ne sera jamais la conclusion. C'est croire que l'Éternel est Amour et que nous sommes aimés, « quand même ». Malgré les circonstance vécues selon que l'on soit né mal nourri ou dans la fortune, il y a mille prédéterminismes à une liberté limitée, mais nous avons du « libre ». A nous d'en faire ce que nous voulons. Il n'y a plus de choix pour la foi. Dès qu'existe l'Amour, au moment où vous êtes amoureux, dès que, réellement, vous dites « oui » après bien des réflexions, ce n'est pas une diminution de l'Amour. Je suis gêné de rapprocher la notion d'amour et celle de foi, parce que la foi est encore dans le domaine de la pensée, alors que l'Amour est dans celui du « donner ».

ALBERT : Si je comprends bien, la question posée est importante : finalement, ce n'est pas au nom d'une foi que vous faites un choix ?

PIERRE : Non. C'est au nom d'un Amour. Il y avait des expressions tellement belles entre deux fiancés : « Je te donne ma foi. » Cela inclut la confiance, l'amour, la passion, le désir, cela va au-delà du choix. Le mot « foi » m'exaspère ; un peu comme le mot « Trinité ». Ce mot essaie de dire l'Absolu. L'adoration est la merveille d'être ébloui sans avoir les yeux brûlés. On se passe assez bien des verbes et des mots. Moïse dit à Dieu : « Qui es-tu » ? Réponse : « Je suis. » Là-dessus, bâtissez votre système !

ALBERT : Je crois que mes yeux voient parce que je le constate et qu'il fait jour. Mon pouvoir d'imagination me fait dire « il fait jour », parce que des photons bleus, verts, jaunes, pénètrent dans mes yeux. Que sont-ils ? Quand je m'interroge, je n'en sais rien. Autrement dit, je ne crois même pas à l'existence des photons. Ce mot désigne quelque chose de vaguement relié à la réalité ; j'en tire les conséquences pour faire un modèle. Tant que le modèle fonctionne, je m'en contente. Dans cette affaire, le scientifique est simplement quelqu'un qui essaie de ne pas trop se payer de mots, mais reste conscient de le faire de temps en temps. On utilise les équations, mais on ne croit pas en une équation. Le verbe « croire » est tout à fait extérieur au vocabulaire du scientifique. Il ne faudrait surtout pas faire le partage entre ceux qui sont scientifiques et ceux qui ne le sont pas : tout le monde essaie de comprendre.

PIERRE : Toute la pensée humaine relative au « matériel » est science. Il est un autre domaine dans lequel nous vivons, celui que j'appelle la marque en creux dans la cire. Tout ce qui nous manque est d'une autre nature que le nombre et la quantité.

HÉLÈNE : Admettre la connaissance dans ce qu'elle a de relatif, c'est relativiser le mythe du pouvoir. Dans le domaine du savoir, comme dans le constat d'une réalité sociale, c'est mettre en cause l'ordre existant. On a voulu brûler Galilée pour avoir cherché à connaître et avoir en partie compris : il menaçait un ordre du monde. On a désigné les pauvres comme une classe dangereuse : ils ne sont pas intéressés à la reproduction de ce qu'ils vivent. Ils sont réduits au silence, comme on a réduit Galilée au silence.

PIERRE : Par une énigme de la civilisation, on ne met pas tous au four crématoire, ceux qui sont trop nombreux. On sort de la science. « Tu aimeras » n'a aucun sens scientifique.

ALBERT : Les Grecs ont été nuls en sciences physiques et merveilleux en philosophie, en arts, en mathématiques. Ils n'ont rien compris au monde physique. Chaque fois qu'il se produisait quelque chose, il y avait un dieu quelque part. Quand on explique les choses par l'intervention divine, on a une explication pour tout, et on ne cherche plus. Il ne s'agit plus ici de foi mais de croyances. N'y a-t-il pas un risque énorme dans la recherche de l'explication du monde ?... Tout va bien, Dieu l'a voulu. Je n'aime ni les miracles ni les événements présentés comme preuves de l'intervention divine. A mon avis, c'est une démission de l'esprit humain.

PIERRE : Cette question des miracles pose problème : il y en a trop peu. Jésus guérit les lépreux. Quelques-uns. Pourquoi pas tous ? Il n'y a qu'une réponse : Jésus a agi pour forcer à écouter la Parole comme le prestidigitateur faisant un truc pour attirer l'attention. Je me souviens d'un prof qui avait perdu un œil à la guerre : « Si vous n'êtes pas sages, j'enlève mon œil ! » Les gosses : « Ça se démonte ? » Nous sommes désireux de dialoguer, de communiquer. Et dans la succession de réflexions sur l'être et l'existence, voilà que nous accédons à un plan pour lequel seul le mutisme parle. Il n'y a plus de langage. Quand Yahvé répond « je suis », il ne peut pas dire plus. Plus tard, viendra « je suis Amour ». Nous disons « je crois », et non pas « je connais ».

HÉLÈNE : J'ai entendu un jésuite énoncer cette idée : « comprendre pour convaincre ».

PIERRE : Nous parlons d'Absolu. Si l'on se place sur ce terrain, comprend-on jamais absolument ? De bond en bond, nous sommes en interpellation perpétuelle. Si l'on veut prendre les mots dans un sens absolu, on ne comprend jamais. J'ai reçu cette lettre : « [...] Tu vas crever bientôt, je souhaite qu'il y ait un Dieu Justice qui te fasse payer tous les crimes que tu as commis sur cette Terre. Repens-toi, canaille, tu sauras au moins qu'en dehors des imbéciles qui t'encensent il y a des esprits libres qui te jugent. Tu n'es pas une conscience, tu n'es qu'une merde. » J'ai eu la tentation de la renvoyer au secrétariat du Front national en disant que leur correspondant avait oublié de mettre son nom et son adresse. Si je réfléchis, j'ai pitié. On n'écrit pas ce genre de choses sans être malheureux. On comprend assez pour se tromper le moins possible, mais, ce moins possible, on l'atteint le pied dans le trou. Le mot « connaissance » a la valeur de « naître avec ». Convaincre… par rapport à quoi ? Convaincre qu'il est midi et pas minuit est une chose. Convaincre de ne pas garder rancune est d'un autre ordre. Comprendre avec cette humilité de savoir que l'on entrevoit seulement l'erreur de ce que l'on pensait hier. On peut aider les autres, mais le mot « convaincre » comporte cette notion de recruter le militant. Il comprend le mot « vaincre » ; vaincre avec. S'il s'agit de m'efforcer de convaincre, de comprendre pour avoir quelqu'un qui lutte avec moi ; c'est tout à fait autre chose que de lui communiquer la table de multiplications.

ALBERT : Pour moi, cela se situe dans la problématique d'une transmission de connaissances. Que la connaissance soit toujours provisoire parce que l'on ne peut jamais atteindre la réalité est évident. Mais, une fois que j'ai compris une théorie, je l'ai comprise complètement. Par exemple, j'ai tout compris de la définition d'une dérivée partielle ; d'une intégrale double. Je peux en comprendre la totalité car c'est une théorie inventée par les hommes comportant ses limites. Avant d'essayer de la transmettre, car c'est cela, convaincre, je dois l'avoir comprise. L'ennui de la pédagogie est de prétendre transmettre des choses que l'on n'a pas vraiment comprises. Je peux aussi essayer de convaincre que telle foi, telle doctrine, est bonne. Pour cela, il faudra que je l'aie comprise, et surtout que j'y adhère. La conviction dans le domaine de l'enseignement est la transmission d'une technique de raisonnement.

Pour convaincre que la théorie de Newton fonctionne, il me faut en dire les limites. Dans un objectif d'action, c'est complètement différent.

PIERRE : On ne partage pas dans le but de partager, mais pour être ensemble à la poursuite du « pour ». Avant la grande Révolution, l'instituteur était le prêtre. Après, c'était le maître d'école. Dans le village où l'on ne savait ni lire ni écrire, on recourait à lui comme au greffier ; c'était un personnage considérable. Petit à petit, le niveau d'instruction progressant, beaucoup de jeunes gens marchent sur d'autres voies plus prestigieuses. L'instituteur est en bas de l'échelle. Pourquoi ? Parce qu'il ne peut plus être maître de rien. Les maîtres ne savent plus comment enseigner la morale ; l'instruction civique est nulle. On ne m'en a jamais fait au collège des Jésuites. J'ai entendu parler du devoir de vote par mon père. Quand on entend dire : « Nous sommes dans une civilisation angoissée », je dis : « Pas angoissée ; nous sommes dans une coquille vide ! » Peut-être l'Absolu conduit-il à l'élémentaire : nous nous en préoccupons, et nous nous apercevons que c'est le B. A.-Ba. L'Absolu, c'est comme un bout qui n'a pas de bout, et qui a pourtant un point de départ : l'apparition de l'être humain. Un chien ne s'en inquiète pas. Un tout petit enfant s'inquiète d'Absolu dès ses premières questions. En réalité, l'Absolu renvoie au premier dialogue de la maman avec son bébé.

ALBERT : Et au premier dialogue de chacun avec la réalité qui l'entoure : j'apporte l'Absolu dans un monde que je ne connaîtrai jamais complètement, dont je n'aurai qu'une conscience relative, provisoire, toujours à remettre en question ; et pourtant, mon besoin est une conscience absolue, totale. C'est le besoin qui est Absolu.

PIERRE : Il ne vaut que dans la mesure où j'en ai

besoin et où je sais que je ne l'aurai pas dans le cheminement du temps…

ALBERT : Le point de départ du fait que « je suis » : ça, c'est un Absolu. C'est peut-être le seul que je saisisse : le fait que je suis là, et que « je » m'interroge.

PIERRE : Une pensée terrible m'est venue devant une image de foule. On nous dit : il y a peut-être eu quatre-vingt-dix milliards d'êtres humains sur Terre. Étant donné la fugacité de la durée de chacun d'entre eux, on a l'impression d'un gigantesque feu d'artifice qui s'éteint à peine allumé. Quatre-vingt-dix milliards de fois ! C'est chaque fois très court, et, chaque fois, c'est de l'Absolu.

HÉLÈNE : Mais, au-delà de la mécanique de la vie individuelle, il y a transmission. La conscience d'être dépositaires d'une construction collective à une échelle bien plus grande que le temps de notre vie, de ce qui l'a précédé et de ce qui en survivra. C'est un cheminement d'espoir de génération en génération, espoir qui, justement, explose aujourd'hui. L'espoir s'appuie sur une certitude, si relative soit-elle. N'est-ce pas aussi la notion de vérité qui explose ?

ALBERT : C'est une question que je ne me pose pas : il n'y a pas de réponse. Il ne peut y avoir qu'une certaine cohérence dans le discours que je tiens, et, pour l'avoir, je me donne des règles. Au fond, c'est cela, les mathématiques : une axiomatique par laquelle dès que j'admets une règle logique je n'ai plus le droit de dire n'importe quoi. Je chemine donc tout doucement grâce à des règles logiques qui me permettent de dire « ceci est vrai », « ceci est faux », ou encore « ceci est indécidable ». Peu à peu, j'y ajoute d'autres règles logiques, mais la science ne prétend jamais à la vérité ; elle prétend simplement chercher à s'approcher d'une réalité qui se dérobe.

Pierre : La vérité s'identifie à l'Absolu, dont l'inquiétude est en nous. Je me découvre marqué. Il n'est pas possible que cette trace en creux ne me vienne de rien. D'autant plus que ce creux est fait d'une multitude d'aspirations dans tous les sens d'amour, de tendresse, de connaissance scientifique du monde, de besoin de comprendre le cosmos : nous avons faim de tout. Dès l'instant où l'être existe, où sa conscience s'éveille, vient un palier où il découvre qu'il est l'être cherchant à connaître le vrai de tout. Celui qui a faim et ne peut avoir d'apaisement ne tend-il pas vers ce que l'on appellerait vérité ? Mais le mot « vérité » est employé pour dire que deux plus deux ne font pas cinq. C'est aussi embêtant de l'employer ici que d'employer le mot « Amour » pour parler d'une prostituée ou d'une sainte.

Hélène : Aussi trompeur que d'employer le mot « vérité » pour laisser croire qu'il n'y a qu'un chemin ! La société que nous connaissons et ses lois n'ont-elles pas pour effet de contenir cette faim ? Or, ce qui fait l'humanité et la vie d'une société, n'est-ce pas la recherche constante de lois pour garantir à cette faim sa longévité ? Ce qui fait l'envie de vivre ensemble est que l'on y trouve un encouragement à une forme de tension d'être. Le suicide est devenu l'une des premières causes de mortalité ; on nous le dit, cette société va vers l'implosion : chacun n'y trouve pas place.

Pierre : J'ai lu une phrase terrible de Montherlant : « Quand on a bien regardé le monde, il n'y a pas d'autre choix que le suicide ou Dieu… » On comprend le drame d'un homme dont la vie entière a été écartelée dans toutes les directions. Le fait de ne pas savoir où loger, comment pouvoir connaître une fille ou un garçon, comment pouvoir aller ensemble, penser à un métier en essayant de s'aimer, laisse les jeunes murés. Les équipes d'éducateurs qui font le meilleur travail dans ces milieux ont recours au théâtre en atelier, et, dès que possible, font écrire à ces jeunes les pièces qu'ils joueront. C'est l'expression. Le public vient, et ça apporte aux jeunes autant qu'au public ; c'est un échange et une découverte. Une image répond bien. Nous sommes une farandole ; nous nous tenons la main. Tu as reçu de tes parents, du maître d'école, des voisins, de la rencontre d'un ami. Nous nous tenons la main, et nous sommes une chaîne dont nous ne savons pas où elle va, mais, tous, nous ne pouvons pas supporter l'idée qu'elle n'aille nulle part. C'est une des vérités indémontrables, mais c'est notre espoir.

ALBERT : La vérité est inaccessible, mais si j'ai besoin d'une certaine cohérence dans ma vie et dans ce que je fais, c'est au nom d'une certaine recherche de vérité. C'est au nom d'une recherche de compréhension de la réalité que j'ai une vision des hommes. Cette vision de moi me conduit au respect absolu de tout autre homme. Si je veux rester cohérent, je suis obligé de réagir face à une société qui ne respecte pas les hommes. Finalement, ce n'est pas au nom de la vérité que je vais agir. C'est au nom d'un besoin de cohérence intérieure. Si je ne le fais pas, je n'aurai plus de compréhension de moi-même. Ce n'est pas au nom de la vérité que je dirai : « Il faut que les sans-logis aient un toit », mais en mon nom. Pour accepter que ces personnes soient sans logement, il me faudrait tout remettre en cause, y compris ma vision de moi-même. Il n'y a pas de vérité ; il y a un cheminement vers une éventuelle vérité. Je n'ai pas été seul à le construire ; il me vient aussi de tout ce qui m'a fait. Après avoir lu l'Évangile, la Déclaration des droits de l'homme, ou Marx, je ne dois plus accepter certaines situations, à moins d'admettre que je suis seul dans l'univers, et que le reste ne compte pas. Ce peut être une attitude, mais il faudrait que je l'affiche. Si je prétends le contraire, je suis obligé de lutter. Il ne s'agit plus de vérité, mais, paradoxalement, s'introduit la notion de mensonge : je mentirai lorsque je serai consciemment incohérent, ou lorsque j'accepterai mes incohérences. Mais je suis pris en permanence par toutes sortes d'idées reçues que je n'ai pas eu le temps ou le courage de remettre en cause. Je suis donc forcément aussi le véhicule de mensonges et d'idées fausses ; quand je m'en aperçois, il me faut réagir : mentir, c'est ici accepter d'être le vecteur d'idées fausses.

PIERRE : Tendre vers une société dans laquelle il n'y a pas de conflits n'est pas rien, mais ce n'est pas assez. Avoir de meilleures conditions de vie matérielle ne suffira pas. Une telle société s'ennuiera ; ce n'est pas ce qui donnera une raison de vivre. Nous retrouvons une interrogation Absolue. Je ne m'en tire que par l'Adoration, c'est-à-dire la notion que, par une certaine relation très imparfaite, j'écrivais en sortant du noviciat *« O ens etiam esto »*. Me découvrant être, je disais « oui » à l'être. La notion « Dieu est Amour » a mis un temps fou à venir en moi : elle a été ma cohérence. Mon Adoration devient ce consentement à ce qu'il n'y ait pas néant, mais être : il n'y a pas à en chercher la raison, l'être est ; il n'y a pas de « pour », si ce n'était « pour soi ».

ALBERT : Au même moment de ma vie, je découvrais qu'en faisant bien tourner mon cerveau j'étais capable de faire des études qui pouvaient être reconnues et déclarées bonnes. Grâce à quoi, j'avais le moyen de sortir du marécage dans lequel je pataugeais. Ce marécage était le sentiment que je n'arriverais jamais à me dominer ; à avoir vraiment une place au milieu des autres. Je m'apercevais que je l'obtenais en faisant tourner mon cerveau, et je m'en suis servi autant que j'ai pu. De façon égoïste, fermé sur moi-même avec un désir de réussite, de revanche sur les autres. Il a fallu un certain temps pour que je m'aperçoive que cet objectif était assez dérisoire. Pendant toute une partie de ma vie, j'étais certes hanté par des besoins métaphysiques, mais je me disais : « Ce sera pour plus tard. » J'avais la carapace du catholicisme. Tant qu'elle tenait, j'étais à l'abri. Mais, quand elle a sauté, je me suis senti tout nu ; je n'étais plus protégé. Il fallait reconstruire quelque chose de personnel ; ma carapace avait été fournie comme un prêt-à-porter. C'est pourquoi je n'aime pas le catéchisme : tout fonctionne jusqu'au jour où tout s'envole en morceaux. J'ai été le prototype de celui dont je dis aujourd'hui : il ne faut pas lui ressembler. J'étais un gagnant ; quelqu'un qui prétend démontrer qu'il est supérieur aux autres et qui a provisoirement la chance que ça marche. Cela n'a pas été brutal. Cela a été une découverte progressive en fonction de rencontres parfois dérangeantes, dont certaines ont été décisives. J'ai pris des engagements vraiment sans le vouloir ; je n'imaginais pas, en les prenant, où ils me conduisaient. Après coup, je me suis aperçu que j'avais mis le petit doigt dans l'engrenage, et que tout le bras y passait, puis une grande partie du bonhomme.

PIERRE : On aurait pu se débiner, refuser les difficultés au moment du choix. Vous étiez dans un milieu qui conduisait à gagner, à être parmi les premiers, ça bouchait les vides. Et un beau jour, on s'aperçoit que cela ne pouvait rien combler. Moi, je ne m'en aperçois que maintenant, aujourd'hui encore partiellement : tout a été absolument imprévisible. J'avais pour image de mon engagement celle de saint François d'Assise ; le pittoresque qui entourait son histoire ; tout cet univers de Giotto. Il me plaisait bien de faire autrement que les autres. Ce n'est pas très noble. Les vœux ne m'étaient pas un effort héroïque... J'ai le sentiment de n'être jamais devenu adulte.

HÉLÈNE : Vous n'allez pas nous dire que vous êtes un vieil anar ?

PIERRE : Il y a nous, les gosses, et puis les grandes personnes. Cela s'explique : on devient adulte entre dix-huit et vingt-cinq ans. Or, ce sont les années où j'étais « pépère » au couvent. Je n'avais qu'à adorer Dieu, le supérieur devait se débrouiller pour trouver des patates. J'ai donc gardé un côté infantile, c'est peut-être pour cela qu'on a dit de moi que j'étais intouchable. Je travaille à mon testament. La première parole est : « Il n'y a qu'un mal effrayant, c'est de douter du pardon. » Dans la naïveté avec laquelle je le rencontrais, rien de ce que j'ai vécu ne m'intimidait, alors que c'était une valeur que l'on pourrait dire absolue. Sans vouloir fausser les choses, j'aurais tendance à dire que c'était normal, et que cela m'empêchait de m'embêter : que de fois je ressens une immense compassion pour ces millions d'individus qui, sur Terre, s'embêtent à crever ! S'ils s'embêtent, c'est qu'ils n'ont pas, simultanément à la lettre à taper ou au cours à donner, un au-delà. Cet Absolu dont nous parlons leur échappe complètement.

HÉLÈNE : Le cœur des choses n'est-il pas que l'on préfère croire plutôt que chercher à comprendre pour ne pas être amené à transformer ?

PIERRE : J'en reviens toujours à mon image gravée : nous sommes plus ou moins conscients de tricher. Par lâcheté, on s'applique à trouver du ciment pour combler l'image en creux, pour ne plus voir que l'on avait besoin de ce sceau. Mais le besoin reste ; on le camoufle. On reste sur sa faim, car ce n'est pas de cela que se creusent les besoins. Un sauvage intelligent qui trouverait un écrou saurait ce qu'est un boulon. Nous avons beau bourrer l'écrou de boue, nous ne nous empêcherons pas de penser au boulon manquant. J'ai beau vouloir l'oublier, il est, et j'en suis curieux. Il ne me suffirait pas de penser que des lendemains qui chantent viendront. Et après ? Le lendemain qui chante est un subterfuge, face à l'infini Absolu. Je ne serai pleinement satisfait que quand l'écrou et le boulon se seront rejoints. Je me trouve être écrou, et je n'y suis pour rien. C'est un appel à un Tout. Nous sommes quelques milliards. Cela ne peut pas être pour faire de la quincaillerie : il y a une finalité. J'ai vécu et agi en étant inlassablement tourmenté. A tel point que j'en arrive à cette conviction qu'une fois rejoints le boulon et l'écrou auront besoin d'autre chose : ils sont faits pour être dans une mécanique, et, infiniment, ils ne pourront se suffire à eux-mêmes.

ALBERT : Peut-être ce boulon n'existe-t-il pas encore ; peut-être est-ce à moi de le construire. Et à quoi cela sert-il de bien les visser l'un dans l'autre, sinon pour qu'ils soient au service d'une machine bien plus grande ? Chaque personne ne devient elle-même qu'à l'intérieur de cette plus grande machine qu'est un ensemble d'hommes, qui se construisent les uns les autres, où l'on devient soi les uns par les autres. C'est la meilleure façon de lutter contre la vanité et la gloriole. Tout ce que je suis est le résultat d'une histoire personnelle et s'inscrit dans une histoire collective qui n'est pas finie, dont je ne connais pas l'aboutissement, mais je peux à chaque moment, au moins un peu, accepter ou non d'y jouer un rôle. Chaque fois que j'accepte, cela me mène bien sûr là où je ne l'avais pas prévu, mais c'est ainsi que j'ai l'impression de trouver un début de réponse à ce besoin d'infini, de transcendance. Chaque fois que je joue avec autrui, je deviens quelqu'un d'autre. Je ne dois pas m'en satisfaire, mais penser que je suis sur un chemin dont je ne sais pas où il mène et qu'il me faut pourtant orienter. C'est ici que j'ai besoin de cohérence. Il me faut en permanence me demander si, oui ou non, ce que je fais, ou les conséquences qui en résultent pour les autres, est cohérent avec ce que je continue d'affirmer comme étant mon point de départ. Dans le cas contraire, il me faut changer d'affirmation, et c'est douloureux.

PIERRE : S'agit-il en réalité de point de départ ou de point d'arrivée ? A partir du moment où nous pensons, où nous décidons, l'essentiel n'est plus le point de départ. Sans lui, nous ne serions pas, c'est évident. Mais ce n'est pas ce point de départ qui commandera. La cohérence doit s'élaborer lentement. Pour répondre à un besoin d'Absolu, elle doit évoluer. Au long de notre existence, l'accent sera plus fort sur tel ou tel aspect. Dès que l'on ne triche pas, c'est une cohérence qui dépasse notre cohérence. Être au Collège de France ou à l'Académie française ne peut pas être la réponse. La cohérence est la totalité de ce qui est ; le plan est tracé ; cette impression qui est donnée en moi et qui n'est pas la même en toi est aussi exigeante. Elle prend des formes particulières, mais nous l'avons tous. Au fond, la vraie recherche de cohérence est la perpétuelle recherche de cohérence finale. Elle est donnée d'entrée ; on n'a pas à la chercher : on a à faire que « ce ne soit pas pour rien ». Là où intervient la foi, je ne suis pas le seul à rechercher que ce ne soit pas pour rien. Entre l'Éternel et moi, passager, il y a une complicité. Sans tricher, très honnêtement, le fait que je croie que l'Éternel, source de tout être, est cohésion de tous les êtres, joue. Il ne s'agit pas que d'une giclée illimitée de bulles de savon pour rigoler trois secondes parce que bébé s'amuse. Nous avons déjà cette première finalité de cohérence, en dépit et à travers Mobutu ou la Yougoslavie, et peut-être demain l'explosion de la Chine ou des États-Unis avec les événements de Los Angeles, qui peuvent être encore pires. Essayons d'agir là où nous sommes. Nous constatons que nous vivons dans un ensemble, et qu'à travers des ruptures, des cruautés, des malheurs, il ne cesse d'approcher du « un ». Il y a eu une phase, l'équilibre de la terreur, où l'on se ruinait pour des crétins. L'URSS avait les moyens de ne pas être pauvre, si elle ne s'était pas ruinée à faire une armée et une politique spatiale équivalente à celle des États-Unis. L'Amérique pouvait ne pas avoir trente-cinq millions de pauvres, si elle ne s'était pas ruinée à faire voler vers la Lune des fusées, par ambition de ne pas être dépassée. Cela a été une pause maléfique. On s'est ruiné, mais, pendant ce temps-là, on a foutu la paix. Quand au Tiers Monde, on en a copieusement abusé en lui demandant, dans notre mauvaise conscience, de payer tout ce que nous nous étions offert quand nous étions chez eux. Comme dans la période mérovingienne, ça a été dans la poche des rois, et non pas au service des peuples. Mais, en dépit de tout cela, c'est une marche vers du « un ». Le Concorde a fait le tour de la Terre en quelques heures ; en un instant, la télévision nous envoie les images du monde entier, et, lorsque nous serons équipés de quatre-vingts chaînes avec des antennes paraboliques, il sera bien embêtant de choisir. Mais tout cela mène vers du « un ».

HÉLÈNE : Certains ont une autre conception du « un » : un « ordre mondial » présenté comme nouveau utilise notoirement ce qu'il appelle « l'arme verte », autrement dit la famine, pour s'imposer en réduisant le Tiers Monde en ghetto de misère.

PIERRE : De ce point de vue, nous sommes entrés dans une crise. Les grosses têtes dont tout cela dépend commencent à trouver face à elles un reproche. Si puissantes soient-elles, il n'est plus vrai qu'elles aient face à elles une humanité passive : elles ne sont plus toutes-puissantes. Nos jeunes de quinze ans voient la saloperie, l'absurdité de tout cela ; ils veulent autre chose. Peut-être seront-ils inefficaces, mais on ne peut pas ne pas tenir compte de ce qu'ils pensent. Les choses avancent par successions de périodes. 68 en était une. Des gosses se font bousiller un par un parce qu'ils sont au mauvais endroit au mauvais moment, mais, en même temps, les filles et les garçons de vingt ans ont soif de faire quelque chose, et c'est important. Après 68, on disait : « Il n'y a plus que l'individualisme. » Nous avons réagi en répondant : « Ce n'est pas vrai. Ce qu'ils veulent, c'est ne plus être roulés. Ils cherchent. » J'en suis toujours à me ronger la tête sur l'indicible de la notion de vérité. Nous en étions arrivés à dire : « Il n'y a pas de mot. » On a envie de se taire et on n'en a pas le droit. Si on ne se tait pas, il ne faut pas apporter de réponses mais des interrogations qui embêtent le lecteur. Apporter des réponses, c'est rendre la contemplation muette ; il serait faux de dire qu'elle est statique. Depuis que je suis habitué à l'Adoration trinitaire, l'Esprit saint est pour moi le mouvement incessant qui fait l'immuable, moteur en mouvement absolu.

ALBERT : Nous n'avons plus que le mot « cohérence », et je crois qu'il a du sens ; une cohérence interne à l'intérieur même d'une théorie, d'une vie ou d'une société. Vous évoquez la découverte faite par les jeunes ; ils sont scandalisés de constater que nous vivons dans une société sans cohérence humaine : nous disons ceci, nous faisons cela, constamment en opposition, ce qui explique en particulier leur écœurement devant la politique, qui représente pour eux le jeu incohérent par excellence, dans lequel on ne cherche qu'à faire des carrières sans évoquer les choses en profondeur. Le grand reproche adressé à leurs aînés est d'avoir été incohérents. C'était une cohérence difficile. Nous venons de vivre une révolution ; un changement complet des conditions de la vie de l'humanité. Nous avons continué à raisonner selon des méthodes anciennes ; nous n'avons pas su en changer quand nous aurions dû en avoir le courage. Les jeunes arrivent et constatent : « Les conditions de vie ne correspondent plus aux méthodes que vous nous inculquez ; à celles que vous semblez vouloir suivre. » C'est un drame. Mais, puisqu'ils ont le goût de la cohérence, donc celui de la vérité, tout espoir est gardé. Le changement ne se fera pas sans convulsions. Ils veulent entrer dans un monde où l'on acceptera de tirer les conséquences du respect des droits de l'homme dont on parle tant ; ils diront : « Chiche ! » Cette cohérence ne peut être obtenue qu'avec une mise à plat complète de l'économie, des rapports entre les sociétés, les États.

PIERRE : Ce qui, on le sait, ne s'est historiquement réalisé que par des saints, et plus fréquemment à coups de pied au derrière. Je suis travaillé par le mot « incohérence ». Je regarde dans un dictionnaire d'étymologie, qui me renvoie au mot latin, et cela n'apporte rien. J'en vois un autre : « Incohérence, contraire de cohérence. » « Cohérence, voir adhérer »... Ah ? Ce n'est pas si bête. « Adhérer : s'attacher ; tenir fortement ; être d'accord, consentir ; union forte et intime ; qui adhère. Union ; attachement ; cohérence ; adhésif... » Intéressant.

ALBERT : Or, il sera très difficile d'avoir un monde

cohérent. Soudain, en l'espace d'un demi-siècle, nous passons d'un monde pour lequel être incohérent n'avait pas d'importance à un monde où, tout étant interdépendant, la cohérence est indispensable partout. Je ne vois pas comment nous allons nous y prendre, mais nous devrons bien y parvenir. Les jeunes se rendent compte que la notion de patrie a encore de la valeur, certes. Mais ce n'est pas du tout la même notion qu'il y a cent ans ; même chose pour la notion de continent : finalement, c'est la notion planétaire qui l'emporte. La nécessité d'une humanité globale est une évidence, mais il faut mesurer à quel point il sera difficile de vivre à côté les uns des autres sans nous exploiter les uns les autres. Vous avez évoqué la concurrence économique avec les pays du Sud-Est asiatique – où il n'y a pas de syndicats et où les ouvriers sont complètement exploités – qui représentent, pour les ouvriers français qui prétendent être payés quand ils travaillent, des concurrents extrêmement dangereux…

PIERRE : Ou la masse d'ingénieurs russes venant s'offrir, et recevant un salaire dix fois supérieur à celui de Moscou !

ALBERT : …Ce problème n'est pas simple. Il apparaît impossible de fermer nos frontières aux produits venant de là-bas ; il faut donc que tous ces travailleurs obtiennent enfin des salaires corrects.

PIERRE : Si nous n'acceptons pas de nous pencher sur les congés payés pour les Coréens ou les Thaïlandais, nous réfléchissons hors du réel, et le réel est l'échange. La crise du pétrole, à elle seule, a montré à quel point un caprice pouvait nous mettre à quatre pattes.

HÉLÈNE : Y a-t-il des devoirs absolus ?

PIERRE : Il y a des devoirs Absolus en eux-mêmes : par exemple, tu ne tueras pas. Dans le même temps, je peux me trouver dans de telles circonstances que je ne voie pas d'autre moyen de sauver une foule de gens menacés que de tuer. J'ai relu cet épisode avec horreur : c'est Moïse, qui a fait massacrer trente mille personnes, dit-on, à propos du veau d'or. A peine descendu du Sinaï, il apporte la loi « tu ne tueras point », et son premier geste est d'en zigouiller trente mille ! Pour la première fois dans l'Histoire, la cohérence ce n'est plus une donnée raisonnable mais une donnée nécessaire. Autrefois, on pouvait coloniser. Lorsqu'un fort volait chez un plus faible, il manquait à un devoir moral, mais il n'en tirait que des profits. Nous sommes entrés dans une époque où celui qui tente la même aventure y laisse ses plumes. Comme tout acte, aucun acte de l'ampleur de la colonisation ne peut rester sans suite à l'échelle historique. Cela peut paraître très long, mais, entre le premier acte de force de la France allant occuper l'Algérie et la suite, nous n'avons pas tardé à nous trouver dans un pétrin dont nous ne sommes pas sortis. Si, de surcroît, il arrivait que les intégristes l'emportent en Algérie, non seulement nous avons dû accueillir les pieds-noirs dans le passé, mais nous verrions venir des milliers d'Algériens proches de notre culture, cherchant refuge, et nous aurions bonne mine de faire la grimace en y mettant des conditions. Je n'oublierai pas cette anecdote, lorsque l'on m'a demandé de déposer comme témoin à décharge au procès de Ben Bella. Il avait fait deux ans de préventive parce que des types comme lui avaient abattu des notables décorés par la France ayant dénoncé des villageois de Sétif et de Guelma qui détenaient des stocks d'armes, avant que n'éclate la guerre des caïds. Je suis venu comme député et comme témoin de moralité. Je ne connaissais pas Ben Bella, mais je voulais témoigner de l'état dans lequel se trouvait l'Algérie à ce moment. D'un côté, elle était gavée de films sur la Résistance et l'héroïsme de la Libération. De l'autre, pour approvisionner l'armée française qui devait traverser la Méditerranée, de Gaulle, agacé d'être trop dépendant des Américains pendant la guerre, avait joué un coup de dés en puisant dans les stocks de réserves des périodes de vaches grasses, durant lesquelles la France avait fait en sorte qu'il n'y ait plus de famine en Algérie. Le malheur a voulu que l'année suivante soit celle de la sécheresse : j'ai vu de mes yeux des gens mourir de faim. Par avion, c'étaient des chenilles humaines avec leurs troupeaux qui crevaient le long du chemin. A Oran, à Alger, on voyait des bateaux américains apportant du blé. Les malheureux venaient là, un marin prenait une gamelle, puisait dans le blé, et chacun repartait avec ce qu'il pouvait tenir dans ses mains en broutant son grain comme une bête. La marmaille se disputait ce qui tombait par terre. Alors qu'allait commencer la guerre d'Algérie, c'était une misère épouvantable. Elle coïncide avec l'arrivée des Américains déjà établis en Afrique du Nord et les préparatifs du débarquement français en Méditerranée. Le doyen Mandouze m'invite à déjeuner. Nous étions amis depuis la guerre et *Témoignage chrétien*. Plusieurs professeurs arrivent en retard en s'excusant : il leur fallait le matin donner les résultats d'un concours, or, parmi ceux qui réussissaient, il y avait plus d'Arabes que de Métropolitains. Je me souviens de cette phrase de l'un d'eux : « Si on ne se défend pas, on sera envahis ! »… Le voleur qui dit : « Si je ne me défends pas contre la justice, je serai envahi. » C'est tout un poème ! Nous nous laissons entraîner en mettant le doigt dans l'engrenage et nous commençons à occuper les terres des Indiens en Amérique du Sud, nous faisons venir des Noirs pour remplacer les Indiens tués, et ce sont les crises de toute l'histoire du continent avec sa succession de pronunciamientos, de coups d'État par la force. Nous avons mis une allumette sur une meule de foin que nous ne pouvons plus éteindre. On parle des actions de tel ou tel, mais cette perspective du genre humain est une question de société. Ou nous nous embarquons sur un chemin qui aboutira à la peste, ou nous nous maintenons dans des bornes qui assurent l'existence de la société.

ALBERT : Par définition, le temps est irréversible.

PIERRE : Aucun acte d'être libre, aucun acte doté de responsabilité n'est innocent. Aucun de ces actes ne peut penser qu'il s'en tirera bien : tôt ou tard, il retombera sur les petits-enfants et les arrière-petits-enfants. Pour le tournant que nous vivons, il n'y aura pas besoin de représailles.

Temps ?

HÉLÈNE : Peut-on définir cette notion de temps ?

ALBERT : Justement, tout vient de changer. Avant tout, on constate que des événements succèdent les uns aux autres ; ils ne sont pas simultanés, il y a une hiérarchie dans leur succession ; c'est la seule chose que l'on puisse affirmer.

PIERRE : Avec sur le plan cosmique le renouvellement de cycles ?

ALBERT : Ça, nous n'en savons rien !

PIERRE : La Lune autour de la Terre, la Terre autour du Soleil sont quelques faits mesurables ?

ALBERT : Oui. De ce fait, ils servent à la mesure du temps.

PIERRE : Du temps pratique !

ALBERT : On dira : tant de lunes sont passées depuis tel événement, et cela a du sens. La Terre et la Lune ayant de petits caprices, on a, semble-t-il, découvert plus stable. Aujourd'hui, de façon très précise, on dit : tant de fois, tel atome de césium a vibré. Grâce à ce métal, on peut définir la seconde comme le temps qui s'écoule quand le césium vibre tant de milliards de fois. Le césium vibre en permanence…

PIERRE : Peut-on dire que son être est de vibrer, qu'il se définit par : « On ne sait quoi qui vibre » ?

ALBERT : Exactement. Ses niveaux d'énergie changent très très vite, à un rythme déterminé. Des étoiles découvertes voici une vingtaine d'années sont une autre façon d'apprécier le temps. Les pulsars tournent sur eux-mêmes à une vitesse apparemment constante de quelques milliers de fois par seconde. Mais toutes ces méthodes consistent à mesurer le temps par des événements. On en revient à la phrase de saint Augustin : « Si rien ne se passait, il n'y aurait pas de temps passé. » Saint Augustin l'avait bien compris, on est en train de changer de concept. Le temps passe, tout simplement parce que des événements ont lieu : en l'absence d'événement, il n'y a pas de temps. On arrive même à se dire que le mot « temps » est de trop ; c'est la succession des événements qui signifie quelque chose. Ce temps-là est un temps physique. Quand on le mesure, on a des surprises : il n'est pas le même selon que l'on se trouve plus ou moins près d'une masse. Si l'on s'approche du Soleil, par exemple, le temps s'écoule un peu plus lentement, alors que, lorsqu'on s'approche d'un trou noir, il s'écoule moins vite. Imaginez que vous soyez happé par le trou noir : une belle équation d'Einstein permet de calculer ce temps et de dire que la chute dans ce trou noir durera « x » secondes. Mais celui qui vous regarde de loin observe que votre chute se ralentit au lieu de s'accélérer. Pour lui, cette chute a une durée infinie, ce qui correspond au concept d'éternité. Nous avons là une vision totalement nouvelle : lors d'un même événement dont la durée est mesurée par des montres identiques, celle qui se trouve près du trou noir enregistre un nombre de vibrations fini ; mais, pour celle qui est au loin, le nombre de vibrations sera infini. Selon que deux personnes se trouvent plus ou moins près d'une masse, ce qui a une durée limitée pour l'un peut avoir une durée infinie pour l'autre : voilà ce qu'apporte la relativité générale d'Einstein. « L'éternité, comme cela doit sembler long, surtout vers la fin », dit Kafka. Réponse : si l'éternité vous semble longue, allez voir près d'un trou noir ! Il faut donc détruire en soi l'idée que l'éternité correspond à une durée infinie : ce ne peut être qu'autre chose, comme l'absence de temps. De même, vous évoquiez les pulsions. Depuis le Big Bang, il y a eu une grande pulsion de l'univers avec l'expansion ; peut-être y aura-t-il un Big Crunch, et tout recommencera-t-il ?

PIERRE : C'est une hypothèse dont on n'a pas plus de probabilités qu'elle soit vraie que pour celle de l'expansion sans fin !

ALBERT : Pour l'instant, on ne sait pas. On pencherait plutôt du côté de l'expansion sans fin : l'univers ne semble pas assez massif pour se refermer. Mais on n'ose trop rien dire. En tout cas, le Big Bang est, dit-on, le début de notre univers, mais prononcer le mot « début » c'est évoquer l'« avant-début »...

PIERRE : Il n'y a pas de Big Bang sans quelque être « bigbanguable » ?

ALBERT : Eh bien, si on vous demande : « Qu'est-ce qui a "bigbangué" » ? Réponse : « Rien ! » Si vous dites : « Il y avait le néant », c'est déjà trop. Il n'y avait pas de « y avait » ; le temps n'existait pas. En créant les choses qui bougent, le Big Bang a créé le temps qui s'écoule. Le Big Bang n'est pas un début, c'est une origine.

PIERRE : Il n'y avait pas de temps avant, mais il y avait de l'être. Là, nous changeons d'ordre.

ALBERT : Est-ce de l'« être » que d'être potentiel ?

PIERRE : Le raisonnement, simpliste mais très fort, consiste à dire : s'il est une situation dans laquelle n'existe ni être ni cause d'être, il est impossible qu'un jour il y ait de l'être. Comment y aurait-il de l'être sans cause d'être ?

HÉLÈNE : C'est du déterminisme que vous pratiquez là ?

PIERRE : C'est de la pure logique rationnelle. S'il n'y avait pas de feuille de papier, je ne pourrais pas la déchirer !

ALBERT : L'exemple est bon. Les physiciens disent à propos du Big Bang qu'il est une fluctuation d'un néant qui pourrait se « renéantiser ». Chaque fois que vous produisez une particule, vous produisez son antiparticule. Si elles se rencontrent, il ne reste plus rien. On dit : pour faire une particule, il suffit de séparer deux choses qui, mises ensemble, s'anéantissent. Nous sommes donc dans un univers à somme nulle : si nous additionnons toutes les masses, nous trouvons zéro. Mais elles sont séparées. De l'être est, qui, rencontrant son semblable, redeviendrait du néant. Mais, ici, vous dites : il y avait quand même l'être de la capacité de devenir ?

HÉLÈNE : Et vous invoquez une logique élémentaire. Ce serait prétendre que notre raisonnement préexiste potentiellement à l'existence du monde ?

PIERRE : C'est un point très important. La logique la plus élémentaire s'exprime en disant : là où je n'observe ni être ni cause d'être, je ne vois pas comment il pourrait jamais exister de l'être. « Je ». La question est de savoir si notre pensée a de l'objectivité, ou si elle est notre mode d'être, avec une cervelle nous faisant avoir un principe de non-contradiction. Le néant qui ondule, prenant tout d'un coup un spasme me fait doucement rigoler. Qu'est-ce que le néant ? Recourir à l'explication du néant qui bouge, c'est mettre au tapis la notion d'être : le néant ne peut rien faire du tout, puisqu'il n'est pas ! Il y a là quelque chose qui dépasse l'accident qu'est le cerveau humain, alors que, pour d'autres espèces pensantes, il pourrait y avoir une autre logique. Pour rejoindre l'interrogation de l'Absolu, un Absolu absolu est-il concevable, que ce soit dans le concept de réflexion de ce type d'être qu'est l'être humain, ou dans tout être, quel qu'il soit ?

ALBERT : On peut très bien se tromper de logique de temps en temps. J'ai l'impression que la notion de Big Bang est au fond une erreur de logique : celle d'admettre qu'il y avait un « avant ». Quand j'étais jeune, j'ai appris en classe l'existence du zéro absolu de la température. On descend jusqu'à – 273°, et on pense qu'en faisant un effort on descendrait plus bas. On ne peut pas : plus bas, en fait, c'est l'absence de mouvement. Le paradoxe vient d'une erreur de définition : on aurait dû utiliser le logarithme de la température. Le logarithme de zéro étant moins l'infini, la température la plus basse serait à moins l'infini, et on n'est plus du tout surpris de ne pouvoir aller plus loin. De même, on aurait très bien pu définir le temps autrement, comme le rapport entre une durée et une période déjà écoulée, par exemple. On retrouve d'ailleurs de cette manière le fameux temps « psychologique », qui donne l'impression que les années passent de plus en plus vite, ce qui s'explique très bien : quand j'avais dix ans, je suis passé de dix à onze ; en une année, j'ai ajouté 10 % à ma vie. Quand je passe de soixante à soixante et un ans, je rajoute un soixantième de ma vie, ce qui n'est pas grand-chose. Pour avoir la même impression de la durée quand je suis sexagénaire et avoir le sentiment de vieillir autant qu'entre dix et onze, il me faut ajouter six ans. Avec cette vision-là, ce qui compte est le logarithme de la durée, et non pas la durée elle-même. On rapporte alors instinctivement ce que l'on vit à ce que l'on a déjà vécu. Ce qui est vrai du temps psychologique peut l'être aussi pour le temps physique, ce qui ramène le Big Bang à moins l'infini, et élimine la question concernant « avant ». Au fond, il n'y a pas de question d'« avant », le temps ayant été créé il y a moins l'infini. L'important est de comprendre qu'une mesure de temps n'a de valeur que relative. Elle varie selon l'endroit où l'on se trouve, plus ou moins près d'une masse, et selon le mouvement que nous faisons. Au CERN, à Genève, on fabrique des particules dont on observe qu'elles vivent un milliardième de seconde. Les mêmes particules arrivent de l'espace à une vitesse folle, très proche de celle de la lumière. Quand on mesure leur durée de vie, on trouve vingt milliardièmes de seconde : vingt fois plus qu'au repos. En fait, elles ont vécu un milliardième de seconde, mais, pour nous, qui bougeons par rapport à elles, cela dure vingt fois plus. Un même événement a une durée propre quand on le mesure avec une horloge qui ne bouge pas par rapport à lui, et un temps plus long si l'horloge bouge. L'apport d'Einstein au début du siècle est décisif : il n'y a pas de temps absolu ; il n'existe que des temps en fonction du mouvement que nous faisons. C'est le paradoxe des jumeaux : par définition, deux jumeaux ont le même âge. L'un s'en va. Quand il revient, il est plus jeune que celui qui est resté : sa durée propre a été plus courte. C'est vrai pour les particules et pour les jumeaux, mais c'est une remise en question fondamentale. On avait pris l'habitude de prendre le temps comme un repère absolu : je vois l'éclair tomber sur le clocher au moment où j'apprends qu'il se passe quelque chose à l'autre bout de l'univers. Pour repérer l'événement, je cherche où est le clocher, et à quel moment l'éclair est tombé. On croyait que les trois dimensions de l'espace étaient indépendantes de la dimension du temps ; que l'on pouvait changer le repère de l'espace sans changer celui du temps et réciproquement. Non, me dit Einstein, le repère de l'espace et celui du temps sont indissociables.

HÉLÈNE : Dans le quotidien, qu'est-ce que cela change ? Pour le sens commun, le temps est une convention à partir de laquelle les hommes s'organisent pour vivre en société. Sachant que nous avons telle espérance de vie, nous envisageons les étapes de nos vies, nous nous donnons des rendez-vous…

ALBERT : Cela n'a aucun lien.

PIERRE : Ici, nous avons changé d'étage. Nous ne sommes plus à la recherche de la nature du temps, mais de l'usage que l'on en fait. Dès qu'il y a relation entre plusieurs personnes, il est indispensable de se mettre d'accord sur un temps. La Chine d'autrefois avait d'autres unités de base. Le point de référence de la seconde, de la minute, de l'heure d'aujourd'hui leur donne une certaine identité, que l'on sait relative, mais si l'on donne rendez-vous à quatre heures, cette relativité ne doit pas être prise en compte. Une dernière remarque représente encore un troisième étage. Elle concerne le temps que l'on pourrait appeler sentimental : pour le blessé qui agonise sur le champ de bataille, le temps est infini ; infiniment insupportable. Pour deux amoureux dans les bras l'un de l'autre, le temps est trop court, sachant que, hélas, ce temps aura un terme. Il y a là une autre qualité de temps psychique.

ALBERT : Le temps est un concept introduit pour repérer ce qui se produit dans la nature. Les hommes voient des événements successifs. Certains recommencent ; ils sont cycliques. Introduire la notion de temps est une activité arbitraire, elle n'est pas nécessaire. Des physiciens venant d'avoir un prix pour avoir mesuré le temps avec une précision égale à un millionième de milliardième de seconde me disaient : « De toute façon, ce sont des "tops". » Y a-t-il quelque chose entre ces « tops » ? Réponse de saint Augustin : « Pas la peine de se poser la question ; il n'y a que des événements », et ce que nous appelons le temps n'est que ce constat : ces événements se succèdent.

PIERRE : C'est une référence utile à des successions d'événements. La Lune tournant autour de la Terre est un événement ayant une certaine régularité. Nous nous basons dessus pour nous rendre la vie pratique. Pour un individu isolé, le temps ne présenterait probablement aucune espèce d'importance. C'est donc par rapport à l'autre qu'il faut être à l'heure. La variation par rapport à la durée d'une journée d'un être humain n'intervient que sur des périodes immensément longues.

ALBERT : On fabrique actuellement des horloges ayant une possibilité d'erreur d'une seconde sur un million d'années. A quoi cela sert-il ? Elles sont mises dans des satellites permettant de positionner les bateaux à deux ou trois mètres près et de repérer à un mètre près un type dans sa bouée, tombé à l'eau. Oui, le temps n'est qu'une convention humaine.

PIERRE : Nous ne pouvons parler du temps que par notre expérience. Au début, c'étaient les sabliers. On prenait quelque unité et une tierce de stabilité, ou le cadran solaire pour régler nos sociétés, nos relations d'êtres humains. Mais, comme l'animal humain ne peut se passer de se poser des questions, il veut savoir pourquoi, comment, quoi. C'est passionnant, mais, quand Caïn a tué Abel, il ne mesurait pas que nous aurions peut-être la guerre atomique. Il est évident que la multitude, y compris ceux qui commandent la politique, n'agit pas en ayant conscience des conséquences de ses actes à grande échéance. Mais tout le monde peut en acquérir la conscience, mener sa vie en fonction de cette réalité jusqu'à un certain degré.

HÉLÈNE : Quand nous parlions de cohérence, n'impliquions-nous pas la notion de temps au sens de la cohérence qui est donnée au futur par des valeurs choisies ?

PIERRE : On ne les choisit même pas. En quelque sorte, elles s'imposent à nous. Pour prendre le fait le plus marquant, on sait quand le Soleil se couche, qu'il se lèvera. Pour les uns, il se couche, pour les autres, il arrive.

ALBERT : Dans la vie personnelle, le temps a une tout autre connotation, pris entre deux événements : la naissance, on connaît ; la mort, on ignore. On peut mathématiquement envoyer à l'infini aussi bien la mort que la naissance. En utilisant les mesures du temps basées sur les mouvements apparents de la Lune, du Soleil ou sur les vibrations du césium, on raisonne mal s'agissant de notre vie personnelle. Faisant le rapport entre ce que nous avons déjà vécu, ce que nous vivons et ce que nous avons encore à vivre, nous pourrions parler de ce que nous vivons et de ce que nous avons encore à vivre. Le vrai vieillissement est de ne plus avoir l'impression d'avoir des choses à faire : un être est vieux quand il pense que son rôle est fini. Les progrès médicaux ont tout changé : il y a trois siècles, un homme de cinquante ans savait qu'il avait une espérance de vie de cinq ou six ans et ne faisait plus de projets. Aujourd'hui, un homme de cinquante ans se dit « j'ai encore trente, quarante ans à vivre », et fait des projets : il est moins vieux. Le concept de vieillissement des populations énoncé par les démographes est peu fondé. A titre personnel, il faut se demander : comment cette mort entre-t-elle dans ma propre vie ? Je suis sûr de ne pas perdre mon pari en affirmant que je suis immortel. Le jour où les petits camarades diront « Albert a perdu son pari », ce sera un événement pour les autres ; pas pour moi. Pour moi, par contre, l'événement sera l'approche de la mort. Ce sera mon face-à-face avec une nécessité de mise en cohérence de ma vie.

Pierre : On parle de séparation ; mais, dans l'hypothèse et la foi qui est la nôtre, il y a immortalité. De la personne humaine, ne peut disparaître que ce qui est décomposable. Mon « moi » n'étant pas matériellement composé, il est indécomposable. A tout décès, il y a séparation pour ceux qui restent, mais, dans mon hypothèse, pour celui qui « passe », existe la rencontre la plus inimaginable. S'il y a eu cent milliards d'êtres humains, voici qu'il va y avoir connaissance de cette variété où deux n'existent pas semblables ; où le temps ne gêne pas ; où, depuis que nous avons connaissance de l'infinité des galaxies, l'espace ne gêne plus non plus. Pour cet être, c'est la rencontre. Si j'ai la foi, je pense qu'en même temps il continue de connaître ceux qui le pleurent.

Hélène : Je vous ai entendu dire que l'être ne se dissolvait pas dans une sorte de béatification molle mêlé à d'autres dans un paradis où les bons atteignaient une perfection statique. Chacun restait unique, disiez-vous ?

Pierre : Avec ses goûts et ses spécificités. Parlant de béatitude, saint Thomas d'Aquin dit que chaque être humain saint aura une béatitude correspondant à ce pour quoi il avait eu goût et curiosité de son vivant. Le musicien aura une béatitude musicale et découvrira l'infinie beauté des variations de l'harmonie. Il disait que le mathématicien aurait une jubilation en découvrant le jeu des chiffres dans lequel il avait trouvé des moments d'éblouissement. L'être reste un ; c'est ma foi. Un cadeau et une conquête. Un cadeau pour être né dans une famille où l'on priait en commun, où l'on voyait le soir papa-maman à genoux, examinant leur conscience et demandant pardon de leurs péchés. C'est extraordinaire d'avoir eu tout petit l'image de l'autorité apparemment impeccable examinant les imperfections de sa manière de vivre durant la journée. Est venu le moment, comme un éclair fulgurant, de ce coup de balai. J'étais en classe de seconde. Je vois parfaitement la place où j'étais assis, au bout d'un banc contre le mur. Cela m'a traversé comme une flèche : « Tu t'apprêtes à occuper ta vie ; à la conduire en fonction de cette foi. Mais, si tu étais né musulman, bouddhiste ou athée, sans plus de recherche que tu n'en as fait en écoutant et en disant “amen”, quelle certitude te resterait-il ? » Je me suis retrouvé tout nu. C'était la conséquence d'un cheminement inconscient provoqué par une lecture faite quelques mois plus tôt, quand j'étais malade. Lisant ce qu'il y avait dans la bibliothèque, j'avais piqué le *Discours de la méthode* de Descartes. J'étais resté ébloui par la « règle des dénombrements entiers » qui représente l'enchaînement des logiques : ceci, or, donc, il va de syllogisme en syllogisme. Tant qu'il n'est pas sûr de pouvoir récapituler les dénombrements entiers, il doute. Cette rigueur de la logique cartésienne avait cheminé en moi, et tout avait « pété » en un instant. C'était le bon moment. J'ai commencé à vouloir lire pour me faire une idée plus personnelle. D'autres événements ont suivi, dont deux ont été considérables. Pendant que je pataugeais dans le marécage en jubilant de tout ce que je trouvais à lire de panthéiste, je me suis trouvé face à la parole de Moïse rencontrée dans une lecture : « Tu leur diras : “Je suis” m'envoie vous dire… » Cela a été un changement de ma vie intérieure. Ensuite, la rencontre avec saint François d'Assise m'a fait découvrir « Je suis Amour » ; Amour, qui fait être plus hors de soi en s'exprimant. L'étonnant est qu'entrant dans l'ordre de Saint-François-d'Assise pour qui toute la vie spirituelle est axée sur l'imitation la plus intime de Jésus-Christ j'aie exclusivement vécu ma première année de noviciat sur ce que j'ai écrit le jour de mon départ : « Ô toi qui es, oui, sois. » C'est une construction.

ALBERT : C'est donc intégré dans le temps.

PIERRE : Oui, mais qui a été l'architecte ? Ce qui se construit, ce dont on voit les étapes était à ce point destiné à faire cet individu tordu de telle manière, que j'ai été. La vie que j'ai vécue sans l'avoir choisie dans les détails est absurde, du point de vue de la logique d'une éducation qui préparerait quelqu'un à rouler sa bosse autour du monde comme je l'ai fait ! J'ai réagi parce que, déjà, j'étais. Certes, cela s'est construit. Mais il ne faut pas cesser d'être conscient que cela s'est construit dès l'instant où cet embryon qui serait moi s'est constitué par la rencontre d'un ovule, d'un spermatozoïde, de chromosomes. Dès cet instant, les émotions de la vie de ma mère ont contribué à ce modelage. Je suis dans l'admiration d'un architecte humoriste qui se serait joué des logiques humaines en fabriquant des types pour les utiliser de cette manière. Je dis souvent : « Ô mon Dieu, vivement la fin du temps ! » Enfin, pouvoir agir dans l'être. Je suis si las d'agir dans le devenir !

ALBERT : Agir n'a définitivement de sens que dans le devenir. Dans l'être, il n'y a pas d'action ?

PIERRE : Je ne sais pas. Le seul fait d'être est un acte permanent. Je m'étais noté sur un papier : « Toi, et nous tous à toi. » Je pense qu'« être » participe à cet « agir » paisible et tourbillonnant qui est l'être même de Dieu, Père et Verbe s'aimant. Il n'y a pas contemplation sans objet et sujet de contemplation. Le seul fait de recevoir et de supporter l'éblouissement est déjà agir. C'est un consentement à une merveille dont on n'aperçoit qu'un lumignon dans la contemplation terrestre. Il y a pour moi consentement entre être et acte. Dès qu'il s'agit d'un sujet s'acceptant comme étant, il agit, mais ce n'est pas un devenir. Il agit sans changer. De même, pour moi, la Trinité recèle un agir infini, tourbillon dans l'immense Tout ; il ne peut pas devenir.

ALBERT : J'ai beaucoup de mal à accepter cela ! Comment peut-on agir hors du devenir ? Agir, c'est transformer. Transformer, c'est faire. Faire, c'est devenir. Cet être dont vous parlez n'est pas un acte, il est une soumission. Pour que l'être devienne acte, il faut qu'il accepte de faire partie d'un monde qui se transforme ; il se transforme lui-même, en même temps qu'il transforme le monde qui l'entoure. Agir, c'est participer à sa propre histoire, à celle des hommes. Que m'importe une histoire qui ne se déroule pas, à laquelle je ne participe pas ?... Je ne suis pas fatigué d'être dans le devenir !

PIERRE : Revenons à la seule analogie qui puisse apporter un éclairage. Dans l'Amour, il y a acte sans devenir. Je suis aimant, et rien n'est plus dévorant. Agir n'est pas nécessairement bouger. Dans la contemplation d'un Michel-Ange ou d'un Giotto, je reste muet, et sans contribution au devenir. Je suis la proie de l'admirable, et je suis agissant avec lui. Il ne peut y avoir de devenir que tant que l'on n'est pas dans la perfection. Peignant chacune de ses fresques, Giotto était encore à balbutier dans le devenir. Il les a peintes parce qu'il n'était pas encore agissant dans l'être. Ne faut-il pas, pour trouver la paix intérieure, en arriver à concevoir l'état d'être plénitude d'actes ? Peut-être y aurait-il là une relation avec ce qu'évoquent ceux qui approchent les religions asiatiques ?

ALBERT : Effectivement, aimer est presque une chose que l'on subit. Ce n'est pas agir, c'est constater que l'on aime, que l'on en est dévoré.

PIERRE : On constate que le passif et l'actif s'identifient. Dans cet état aimant, on n'est jamais autant agissant en ne faisant rien. Quelle intensité d'acte plus forte que de pouvoir dire « je t'aime » ?

ALBERT : Mais ce n'est qu'un constat.

PIERRE : C'est de l'être. Il serait intéressant d'y réfléchir avec des spécialistes des religions orientales. Parvenant dans le nirvana à ce non-être, c'est la cessation de tout désir, la béatitude, j'allais dire négative. Certains de ces courants de pensée ont tendance à faire disparaître l'« être de moi » par ma confusion totale avec l'univers. C'est tout dans tout ; il y a confusion ; dépersonnalisation ; absorption d'un être. Cette confusion n'est plus l'Amour. L'Amour suppose que chaque être soit sans cesse « être » en se donnant. Et non pas cesse d'être. L'acte, là, n'est-il pas Tout ? Ne se suffit-il pas sans l'étroitesse des « devenir » ?

Acte ?

HÉLÈNE : Il y a des actes de vie et des actes de mort. Jusqu'ici, les actes de vie triomphaient des actes de mort ; on pouvait définir le temps comme une succession d'événements. Pour la première fois, nous sommes conscients de pouvoir nous demander légitimement s'il y aura un temps à venir pour la génération future. Nos actes en prennent un poids singulier, le temps prend une autre valeur ?

ALBERT : Pour la première fois, on peut estimer que l'aventure humaine s'arrêtera par l'action des hommes. Effectivement, cela donne une autre dimension au temps à venir. Au fond, le temps passé est anecdotique. Soudain, la durée du temps humain va dépendre de nous. Tout ce que nous faisons en prend un poids plus grand. Chaque acte nous dirige vers une voie. Elle peut être une impasse. Elle peut être aussi une très belle voie conduisant à un lointain carrefour. D'où l'importance d'être des politiques, c'est-à-dire de penser l'avenir de l'humanité pour inventer de bons choix, sachant que des possibilités affreuses existent.

PIERRE : Sachant aussi que l'on peut aboutir à la destruction par une erreur. La gaffe fait partie de l'univers dans lequel nous baignons. Avec les énergies désormais disponibles, nous pouvons faire des prodiges : irriguer le désert, prévoir les tremblements de terre, enlever tout intérêt à une querelle guerrière. Nous pouvons aussi tout faire cesser en agitant un bouton. Mais nous passons soudain de l'une à l'autre, entre deux réalités coexistantes et extrêmement étrangères. L'une, l'Histoire, le passé, le devenir, à laquelle vous revenez sans cesse, l'autre où je me trouve, nageant dans les nuages, impatient de cette autre sorte d'acte qui n'influe pas. Au fond, ma manière de réfléchir pourrait être horriblement égoïste. Elle pourrait signifier que le monde m'est indifférent. Il m'importe d'échapper à toute limite. Par définition, le devenir en comporte. C'est une position d'adorateur plus que d'ingénieur de la création. Il n'est pas mauvais que les deux se rencontrent, mais ma position de pensée intérieure est une aspiration. N'est-ce pas un peu une désertion ? Je n'y peux rien, c'est un état. Je suis dans l'état d'un désir. L'action de devenir n'en finit pas ; je suis trop fragile, je risque trop d'appuyer sur le mauvais bouton, de gaffer ; je suis las d'agir dans un devenir comportant toutes ces merveilles, toutes ces catastrophes possibles. Je suis nourri de tout cela en mon Adoration, et je suis fatigué. Quand je dis : « J'ai envie de mourir », c'est cela. Quelqu'un me demandait : « Avez-vous des moments heureux ? » En toute vérité, j'ai dit « oui ». Mais les temps heureux dont je me souviens sont ceux où commençait l'anesthésie avant l'opération. Je savais que, pour un temps limité, j'allais être absent. C'est pardonnable. Dans le contexte de l'hiver 1954, je n'en pouvais plus, quand les types se battaient, volaient, il y avait de quoi devenir fou. Pendant la Résistance, quand j'ai été arrêté à Cambo-les-Bains, mon premier sentiment a été de penser : « Ouf ! Je ne dirai rien, j'espère. On m'a pris, chacun son tour, que les choses suivent leur cours. » Si l'on m'avait interrogé tout de suite, je n'aurais sûrement pas bluffé. Mais on m'a fait marcher un quart d'heure pour aller dans la villa de la Gestapo avec une mitraillette derrière les reins. C'était le printemps. Je voyais les cerisiers en fleur ; les oiseaux chantaient. J'entendais : « Komm, komm. » Et, durant ce quart d'heure, j'ai reconstruit tout le cinéma qui allait me sauver la vie. J'avais pu l'inventer grâce à un ministre de Pétain, le fameux Darquier de Pellepoix, mort en Espagne où il s'était réfugié sous Franco. Il avait écrit à Jougla de Mornas, éditeur de luxe du *Grand Armorial de France*, qui m'a trahi et vendu par la suite uniquement pour son art, pour pouvoir continuer son travail. Cette lettre disait : « Cher maître, j'apprends que vous préparez la sortie d'un nouveau volume, je vous serais tellement reconnaissant de bien vouloir établir que je suis le descendant d'un baron Darquier anobli par Napoléon, originaire du pays Basque, etc. » Jougla de Mornas me disait qu'il ne trouvait pas une famille de l'aristocratie remontant loin, sans deux ou trois mariages entre une fille de commerçant juif et le fils du prince pour mettre du beurre dans les épinards, ce qui suscitait en lui un vague antisémitisme : on abîmait son chef-d'œuvre. Je lui avais piqué cette lettre grâce à son éditeur, Robert Comte, ami de l'un de mes frères. J'avais été à la kommandantur. Il me fallait un sauf-conduit pour aller dans le pays Basque trouver les actes dans les archives des sacristies. J'en avais obtenu un, authentique. Une fois sur place, on m'avait dit : « Votre sauf-conduit n'est valable que pour une zone de cinquante kilomètres en bord d'Atlantique ; il vous en faut un autre pour la montagne. » Ce qui m'a sauvé la vie est l'idée d'aller voir le commissaire de police de Saint-Jean-de-Luz avec mon air le plus naïf de petit curé spécialiste en généalogie. J'ai dit : « Voilà, j'ai une lettre d'un ministre, et on me dit que mon papier n'est pas valable. Je dois aller à Cambo-les-Bains, en zone de montagne. » Je suis sûr que le commissaire a flairé qu'il s'agissait d'une histoire de passage. « Les Allemands sont compréhensifs pour tout ce qui touche Vichy, m'a-t-il répondu ; avec une lettre comme celle du ministre, vous pouvez prendre le risque. » Revenant d'Espagne, fatigué, j'avais mis mon vélo sur un camion qui ramenait des ouvriers et des soldats russes devenus nazis. Un service spécial allemand vérifiait l'identité de chacun ; on se méfiait des espions. C'était fin 44. Ces hommes étaient amenés en haut de la montagne qui domine Saint-Jean-de-Luz trois semaines avant le 6 juin pour mettre en batterie les canons de l'artillerie de marine : il y avait eu le fameux document trouvé dans la poche d'un noyé portant l'uniforme anglais annonçant un projet de débarquement à Saint-Jean-de-Luz. Un montage que les Allemands n'avaient pas jugé à dédaigner. J'avais eu un quart d'heure pour tout reconstituer. Mais, quand j'ai pensé à la mort, j'avais eu cette réaction : « Ouf ! » Tant que je serais être, ce sera agir ! J'aurais pu vivre dans un monastère en sachant que j'allais vers la fin de ce devenir quotidien, monotone. Mais je savais qu'il comportait toujours une limite. Celle de me dire : « Mon Dieu, il y en a marre d'être agissant, faites-moi vivre la fin du temps. » J'avais accepté de vivre cette attente de la fin du temps ; même si mon acte était d'éplucher des pommes de terre ou d'étudier saint Bonaventure. La suite a été autre. Je n'ai pas choisi. Ce sont des circonstances qui m'y ont précipité. C'est une succession de coups de billard sur la boule, sans que je puisse savoir où elle veut m'envoyer. Pour chaque événement jusqu'à aujourd'hui, je me retrouvais dans des appels à l'acte, je réfléchissais un instant, et je disais « oui ».

Albert : Vous dites : je n'ai pas choisi, je n'ai pas dit « non ». Mon acte a été d'accepter. Ensuite, il fallait bien agir dans le détail pour en sortir. J'ai une autre image de vous : un homme qui a agi sa vie ; pris des décisions, contribué à transformer l'Histoire ; qui a vu qu'il fallait agir quand personne ne voulait voir, et qui a agi en entraînant les autres à le faire.

Pierre : J'ai éprouvé un certain sentiment de satisfaction à faire des choses folles, dangereuses, parfois imprudentes. Je ne l'ai découvert qu'il y a peu de temps. La nuit où j'ai pleuré après avoir mendié, je pleurais, c'est vrai ; mais, au plus profond du dedans de moi, je portais une sorte de jubilation d'avoir fait « ce qui ne se fait pas » et d'avoir épaté le bourgeois. Pour moi qui suis croyant, c'est difficile ; j'attends l'engueulade, mais je me sens contraint d'aller jusqu'au bout. C'est peut-être ce qu'il y a de plus intéressant dans le dialogue entre croyants et non-croyants. En réalité, au « bout du bout », le non-croyant qui consent à l'appel de l'Absolu de circonstances historiques dans le monde d'aujourd'hui rejoint de très près le « oui » du contemplatif qui accomplira les actes les plus infimes en y mettant toute l'aptitude qu'il a d'aimer… C'est un peu scandaleux, mais l'espèce humaine n'est pas ce qui me passionne. Ce qui me passionne dépasse ce point culminant de bonté qui est l'Homme dans le Tout en devenir. Ce qui me passionne est l'être faisant l'être, et, à tout instant, qui ne cesse de le vouloir. Ni toi, ni moi, ni rien ne reste. Ce n'est pas le genre humain en soi ; c'est le Tout, le genre humain étant, parmi ceux que nous connaissons, le point culminant de la capacité d'aimer. L'expression « humanitaire » : bravo, elle m'intéresse. Je vais aller risquer ma peau pour un rien de la vie par fidélité à l'appel humanitaire d'un gosse blessé, qu'il faut aller tirer des rafales. C'est ma participation à chaque instant, à cet acte de Dieu qu'est le Cosmos, le Tout culminant dans le vivant, dans le pensant, dans le libre et dans le capable d'aimer ou de s'idolâtrer. Mais c'est un Tout ne pouvant pas séparer l'agissant dans l'être, qui provoque tant d'appel à agir dans le devenir ; parce que faisant exister, il peut faire exister mille milliards de devenirs.

ALBERT : Il y a le temps absolu des physiciens, celui des individus, et il y a le temps de l'espèce, qui prend en compte la transformation de l'Homme par lui-même. C'est un fait : l'histoire de l'Homme est faite par les hommes, quand celle des espèces animales est une histoire subie ; ce qui fait apparaître une Histoire tout à fait différente au cours de laquelle nous avons réellement transformé le monde qui nous entourait et nos conditions de vie. Lorsque nous avons apprivoisé le feu, nous avons fait un acte qui a tout changé de l'Histoire des hommes. De même le jour où nous avons inventé la bombe atomique. Jusqu'à présent, nous avons agi de bric et de broc, sans trop savoir où conduisait l'orientation de nos actes. Or, ils sont irréversibles. Cette fois, nous avons pris une orientation extrêmement grave à court terme : nous pouvons tout ramener à zéro, arrêter l'Histoire. Mais nous pouvons encore orienter notre histoire. Il faut bien y réfléchir. Pour la première fois, nous pouvons utiliser toutes les découvertes récentes, et construire un monde où la liberté humaine aura disparu par la faute des hommes. Parler de liberté, c'est parler d'ingérence. Quand je m'ingère dans les choix d'un autre, que ce soit une nation ou un individu, je commence à limiter sa liberté. A long terme, cela débouche sur un monde merveilleusement organisé, où tout fonctionne bien, parce qu'il n'y a plus de liberté pour personne. En effet ; la liberté coûte cher en organisation, en efficacité. Nous revenons à l'interrogation sur le temps. Cette fois-ci, il s'agit du temps de mon espèce. Le temps du genre humain est à construire et se construit. Je préfère ne pas invoquer là une intervention divine venant arranger les choses si par hasard je fais une sottise. Je suis responsable de mes actes. En cela, je suis heureux de vivre une période cruciale au cours de laquelle, comme chacun d'entre nous, j'ai vraiment à agir. J'ai à prendre conscience de cette urgence. Le mot « urgence » va avec le mot « temps ». Que faire pour éviter le drame, celui de la destruction de l'humanité, ou celui de la fin de la liberté ? Je me sens obligé, sans choisir, tout comme vous, de dire « oui » aux sans-logis, ou aux chômeurs qui n'acceptent pas d'être des numéros. Si je ne le dis pas, je ne suis plus moi-même, et surtout, je ne « suis » plus, car je n'agis plus. C'est une action dans le devenir.

HÉLÈNE : C'est finalement aussi toute la question de la gratuité et du don. Cette notion d'être prend sa dimension si elle se tend vers l'absolu. Si on l'étrique, on impose une vision du monde.

PIERRE : A propos de l'ingérence, je crois que l'on coupe les cheveux en quatre en parlant des risques de suppression de liberté et de néocolonialisme. C'est aussi l'urgence première. Évidemment, il y aura plus de risques de coloniser quand il n'y aura que des morts. Quand des situations ont été laissées à l'incurie par ceux qui y pouvaient quelque chose par les voies normales et que l'on observe l'état actuel de toute une partie du monde, je ne vois pas comment il serait possible d'y tomber, si l'on refuse de tolérer ce didactisme : « Tais-toi, tu ne sais pas, je vais t'apprendre, tu obéiras. » Si, en même temps, me trouvant devant un blessé, je ne laisse pas tomber les choses importantes que j'avais entreprises, sachant que je n'en sacrifie pas un plus grand nombre en m'arrêtant pour un, je ne peux pas ne pas m'arrêter. Il y a tous les périls. Mais, tant qu'il y a liberté, il faut agir pour que le vivant reste encore en vie. Qu'importe le vocabulaire concernant l'ingérence humanitaire. A nous de veiller à ce qu'elle ne dépasse pas son rôle. Concernant la population de Somalie qu'on nous a montrée, et le Soudan, que l'on ne nous montre pas, je me pose une question que je n'ai pas entendue soulever : on a apporté tant de tonnes d'aliments, cela représente tant de journées pour vivre. Mais on a déplacé des populations. Réduits à cet état, les gens ne savent plus quelle terre est à qui, qui fera les semailles de riz et où, pour l'année prochaine. On nous parle du riz nécessaire pour que les gens cessent de dépérir, mais je n'ai pas entendu soulever ce problème. Comment vont être organisées les semailles ? On leur enverra des semences. Encore faut-il qu'ils sachent où ils ont le droit de planter, alors qu'ils sont encore dans la guerre civile. Comment recréer un État pour des populations conduites à un tel degré d'anéantissement par le déracinement du lieu, des parentés, de tous les liens qui faisaient leur équilibre ? Il est possible d'apporter à coups de sacs de denrées de quoi manger la semaine prochaine, mais il nous est impossible d'arriver et de dire : voilà la bonne solution. Les casques bleus se font haïr en luttant contre la piraterie. Nous pouvons encore envoyer plusieurs fois de quoi faire survivre quelques échantillons de populations, mais c'est un État qui est en cause ; des États d'une partie de la planète. J'ai connu un fabricant d'armes légères, de bonne volonté. Il avait hérité de son affaire. Cet homme ne dormait pas. Il disait : « Je sais que des trafiquants répartiront ces armes dans toutes les sortes de maquis du monde ; je vis dans la mort à bon marché, mes vendeurs doivent proposer de la marchandise. Dites-moi ce que je dois faire. » Que dire ? Mettre cinq mille ouvriers dehors, se mettre à fabriquer des casseroles ? Son entreprise a été nationalisée. Cet homme s'est jeté à corps perdu, avec tout ce qu'il avait de biens, dans l'action que menait une infirmière à Pondichéry. Cela ne lui enlevait pas l'insomnie.

ALBERT : Imaginez que tous les voleurs et tous les bandits de France se réunissent, et, touchés par la grâce, décident de ne plus jamais voler. Le président du syndicat des voleurs vient voir le Premier ministre et lui dit : « Vous pouvez annoncer que les banques peuvent laisser leurs coffres ouverts, les bourgeois leurs maisons sans clés, il n'y aura plus aucun vol. » Le Premier ministre répondrait : « Cher ami, c'est très gentil, mais regardez dans quel état vous mettez l'industrie des coffres-forts, des portes blindées, et les flics qui vous courent après, et les gardiens de prison. Tout ce monde-là va se trouver au chômage. Et vous, les dizaines de milliers de voleurs, qu'allez-vous faire : vous inscrire à l'ANPE ? » La suppression du vol représenterait la suppression de dizaines de milliers d'emplois. Doit-on en conclure qu'il faut accroître la fréquence des vols pour améliorer la situation de l'emploi ? Mon histoire n'a rien d'absurde. En fait, le travail actuellement réparti est en partie rigoureusement inutile. Nous ne sommes pas sur Terre pour travailler ; d'autres fonctions ne sont pas remplies. Si les hommes qui fabriquent des armes se retrouvent au chômage, je pourrais dire « tant mieux » ; il y a mieux à faire ! Le grand problème de la flotte russe est de démanteler les sous-marins et les frégates nucléaires. Cela revient aussi cher que de les construire. Leur capacité industrielle n'est pas suffisante ; il faut les aider. Le travail nécessaire pour détruire les armes atomiques françaises serait énorme, et pour longtemps. Il est faux de dire que la démilitarisation soit source de chômage. Mon exemple des voleurs montre que travail et chômage sont des notions artificielles. Ne considérons pas comme une bonne chose que les gens travaillent quand ce qu'ils font crée un danger pour la survie des hommes.

HÉLÈNE : La question est de savoir sur quoi est basée une société humaine. S'appuie-t-elle sur une série de conventions acceptées par les hommes pour vivre ensemble dans des États transformables selon les priorités apportées à un objectif commun, qui peut être le bien-être des générations présentes et à venir ? Y a-t-il une loi naturelle par laquelle les hommes sont prisonniers d'une logique qu'ils sont contraints de perpétuer jusqu'à la fin de l'humanité ?

PIERRE : Il n'y a qu'une réponse à cette vraie question. Ce genre humain, qui a besoin de devenir autre, n'est pas obligé par nature de création de n'être que société reposant sur le flic, le voleur, la guerre et le fabricant d'armes. Mais il est devenu ce tordu avec lequel on ne sait pas comment s'en sortir. Il faudrait savoir quel « isme » réaliste trouver pour qualifier toute politique. Sa définition consiste à savoir à qui je prends le fric, pour le donner à qui. Il est impossible de gouverner sans manipuler l'argent, et sans veiller à ce que tout humain ait les moyens de vivre humainement. Dans une société où le moyen de l'échange est devenu l'argent, où va-t-on trouver la source que l'on n'ira plus prendre dans la poche d'un Bokassa pour payer ces ouvriers à ne rien faire, pour un temps transitoire au moins ?

ALBERT : On parle toujours d'échange et de solvabilité. En fait, ce qui compte est de produire des richesses et de les distribuer. Quand l'argent ne représente pas une richesse produite, il devient purement artificiel. Actuellement, l'immense majorité des sommes d'argent qui se promènent entre les États ne représente plus aucune richesse produite, mais des conventions. On s'aperçoit en particulier que tous les États du monde, à trois ou quatre exceptions près, ont des dettes fabuleuses les uns envers les autres. Cela pourrait par conséquent s'annuler d'un trait de plume. Si je vous dois cent francs, vous en devez autant à un tel, qui me doit cent francs ; nous pouvons ne plus y penser ! Les raisonnements économiques qui, actuellement, dirigent tout, reposent sur le concept de valeur. En fait, ils ne reposent sur rien. Quelle est la valeur d'un tank ou d'une tomate ? Cela dépend de ce que j'ai envie d'en faire. Même chose pour la notion de travail. Cela représente un changement fondamental de notre culture, mais il est indispensable et urgent de ne plus continuer de raisonner à partir de ce concept de valeur, dont personne ne sait ce qu'il signifie. Quelle est la valeur d'un baril de pétrole ? Quelle est celle de la santé d'un enfant ? Baser une société sur la notion de valeur, c'est ne plus guérir un enfant ayant une maladie dont il gardera les séquelles toute sa vie, parce que cela coûtera trop cher. Les concepts de valeur, donc de rentabilité, donc de compétition, ont été introduits dans des domaines où ils n'avaient rien à faire. Il nous faut concevoir des cultures qui refusent de parler de valeur s'agissant de santé, d'éducation, de justice, c'est-à-dire pour une bonne moitié de l'activité humaine. Lorsque l'on donne de l'argent à un instituteur pour enseigner, on s'interroge : dans la poche de qui prenons-nous cet argent ? Cet argent n'est pas pris ! On crée une richesse qui ne peut pas se mesurer : celle de l'intelligence éduquée, épanouie, des enfants. Même chose pour la richesse représentée par la santé. Des recherches actuellement peu connues sont menées par quelques économistes qui essaient de tout mettre à plat et affirment que l'on ne peut plus continuer à raisonner comme des banquiers. Ceux qui font des prêts aux gens solvables ne sont que des banquiers : tout cela est du bluff. L'écart entre les échanges de marchandises et d'argent est considérable. Des centaines de milliards se promènent sans rien représenter ; les mouvements de Bourse sont purement artificiels. Tout cela n'a plus de sens et risque de conduire au désastre : il nous faudra bien changer de logique.

PIERRE : Parlant de la dette des États, n'y a-t-il pas une double dette ? Il est important d'en être conscients, la dette extérieure due par la France à telle ou telle nation, s'ajoute à la dette intérieure que la France doit aux Français après les emprunts. Il est faux de dire que le chiffre total de la dette américaine soit représenté par une dette extérieure. Les États-Unis doivent une dette intérieure aux Américains, pour laquelle ils versent régulièrement des intérêts à ceux qui ont placé leurs économies dans les banques et qui ont prêté à l'État. Mitterrand annonçait renoncer au tiers de la dette du Tiers Monde. Sachant que ces pays ne peuvent pas payer l'intérêt à moins d'emprunter à nouveau, on a, en fait, renoncé à une illusion. S'agissant de pays qui ne manquent pas de l'essentiel des moyens, on ouvre un autre chapitre.

ALBERT : Mais que représente la dette intérieure ? Lorsque ce sont les Français qui ont donné à l'État français et que l'État a dépensé cet argent pour construire des usines ou des hôpitaux, cela revient à dire que les Français qui ont versé à l'État français sont propriétaires de la France. Or, c'est le cas : je suis propriétaire d'une partie des hôpitaux et des palais nationaux.

PIERRE : Il existe un emprunt qui passe complètement inaperçu. En fait, c'est avec l'argent pris aux voyageurs que l'on emprunte de quoi construire les voies de chemin de fer. Par contre, il existe des emprunts d'État. L'État annonce un emprunt d'électricité à « x »% remboursable en tant d'années : c'est de l'argent dû aux Français qui ont fait confiance à l'État. Il faudrait un appel à l'abnégation de ceux qui ont eu la naïveté de souscrire l'emprunt pour éviter le pire et leur faire accepter de ne pas attendre dans leur budget les « x »% d'intérêts réguliers.

ALBERT : Les fameux « x »% d'intérêts sont un système terrible : ce sont les gens riches qui prêtent à l'État. Et ce sont eux qui recevront « x »% de l'État, payés par les moins riches. Ce mécanisme fait apparaître que, lorsque l'on est riche, on ne peut que s'enrichir et, quand on est pauvre, s'appauvrir. Il y a trois mille ans, les juifs avaient eu une vision claire quand ils avaient instauré l'année jubilaire : tous les cinquante ans, l'État reprenait toutes les propriétés reçues en héritage. On ne peut pas accepter que la propriété soit intangible. Le concept de propriété transmissible est abusif.

HÉLÈNE : Vous parliez de payer des gens à ne rien faire. Accepter de confondre argent et richesse conduit à la négation de l'être. Chaque homme se sent membre de la société dans la mesure où elle lui demande d'être lui-même, et non pas dans celle où elle le paie pour n'être rien ?

ALBERT : Le mot « travail » signifie d'abord une activité subie, ensuite une participation à la société ; ce qui est tout autre chose. Je préfère réserver ce mot au premier sens : un instituteur ne « travaille » pas ; il participe à une société. On peut participer à une société autrement qu'au fond d'une mine ou comme caissière de supermarché ; d'autres activités méritent d'être salariées. Pourquoi ne pas attribuer à tous des années sabbatiques permettant de s'arrêter en continuant d'être payé ? Un sondage a été fait : moins de 5 % des gens iraient à la pêche. Les 95 autres se diraient : enfin, j'ai deux ou trois ans pour me refaire une santé intellectuelle, apprendre autre chose, me construire, préparer un autre métier. Ce n'est donc pas un cadeau gratuit, et je constate qu'on le peut, puisque l'on verse des allocations chômage à 10 % de la population en faisant croire que ces personnes sont « de trop ». Prenons l'exemple des aides soignantes dans les hôpitaux. Leur sourire, leur gaieté a bien plus de valeur que de vider les seaux. Si une machine le faisait, ce sourire serait toujours irremplaçable. Elles méritent d'être correctement rémunérées rien que pour lui. Mais le système est tel que, si cette machine était inventée pour dépenser moins d'argent, on les mettrait à la porte.

PIERRE : Je ne sais pas comment pourrait s'appeler cette distinction entre emploi et travail. Il existe des universités du troisième âge. Quelques-unes sont des réussites merveilleuses parvenant à une véritable transformation de l'état de pépés et de mémés. Généraliser ce type d'occupation présuppose des structures où les gens puissent trouver ce qu'ils cherchent, des professeurs, des enseignants. Préparer l'opinion et les gouvernants à participer à cet autre type de société n'est pas du « tout cuit ». L'organisation de nos universités, de nos collèges ou de nos écoles est déjà problématique. J'affirmerai très fort qu'une société est transformable dans l'absolu. Est-ce transformable dans le vraisemblable, et dans un délai raisonnable, à taille humaine ? Je n'en sais rien. Par quels cheminements s'approcher de cette possibilité ? Nous avons parlé du système de l'emprunt intérieur et extérieur, dont le résultat est qu'un pourcentage impressionnant du travail des Brésiliens sert en toute honnêteté à donner aux banquiers, chez lesquels des petits contremaîtres américains ont apporté leurs économies pour avoir un revenu à ne rien faire. Si le retraité, le rentier, apprend du jour au lendemain que le président du Mexique a déclaré : « On ne paie plus », c'est tout le système bancaire américain, puis mondial, qui s'effondre. Si une telle chose s'était produite avant la guerre du Viêt-nam, les Américains auraient passé la frontière mexicaine pour installer un gouvernement militaire.

ALBERT : Est-ce qu'une société peut se transformer ? Certainement. Notre société va se transformer : nous ne mesurons pas à quel point une telle situation ne peut pas durer. D'abord, parce que l'effectif des hommes va encore doubler alors qu'il vient de tripler depuis le début du siècle. Lorsque nous sommes nés, il n'y avait pas deux milliards d'hommes. Il y en a aujourd'hui cinq et demi, et demain il y en aura dix. Nos petits-enfants vivront dans un autre monde. D'autre part, la situation des hommes sur Terre a complètement changé. Quand je suis né, aucun avion n'avait traversé l'Atlantique, on écoutait vaguement la radio. Aujourd'hui, n'importe qui peut voir n'importe quoi. Tous les hommes qui sont victimes de la mauvaise organisation de la planète le savent tous les jours. Lorsque les Algériens seront plus nombreux que les Français, quand le Sud de la Méditerranée sera plus peuplé que le Nord, il y aura nécessairement des pressions migratoires considérables. Actuellement, le Nord représente 185 millions de personnes ; le Sud,

120. En Méditerranée, le centre de gravité humain est Florence. Dans trente ans, ce sera Tunis. Dans cinquante ans, il sera encore plus au sud. Ce monde ne peut ressembler au nôtre. Bien sûr, nous pouvons refuser les migrations en y opposant des lois et gagner dix ans en élevant un mur. Dans un monde tellement transformé par ses pouvoirs et par ses effectifs, toutes les sociétés vont être bouleversées. Ou nous attendons et nous verrons comment parvenir à survivre, ou bien nous essayons de nous y préparer. Actuellement, l'absolu pour nos sociétés, c'est l'argent. Il va falloir déposséder l'argent de son pouvoir ; ce ne sera pas facile. Il n'est question, dans les soubresauts des politiques françaises, que de stabilité, de compétitivité et d'économies. Il va bien falloir en arriver à l'homme.

PIERRE : Ce qui n'est pas vivable ne sera pas vécu. Peut-être des esprits clairs dominent suffisamment le problème à son niveau planétaire pour préparer de nouveaux courants d'opinion. Lorsque l'on pense à la rapidité de la prise de conscience écologique alors qu'il y a si peu d'années personne n'y pensait, on se dit qu'il y a des possibilités, sur des idées simples, d'éclairer les esprits. Il faudra de ces esprits clairs, et plus il y en aura, mieux cela vaudra. Il faut aussi des personnes comme sœur Teresa ou sœur Emmanuelle qui, par leur extravagance, contribuent à contrebalancer l'autre excès. Des exemples sont nécessaires pour apporter la preuve que c'est possible, et pour que la jeunesse trouve le goût d'agir pour autre chose que ce que l'on considérait rentable. Dans la mesure où l'on aura laissé les mains libres à des tyrans véritables, il y aura des actes incontrôlables comme il y en a eu au long des siècles. La différence est que nous avons aujourd'hui les moyens matériels, si nous le voulons, de diffuser l'information, d'instruire, de sensibiliser.

Les exemples de dévouement sont contagieux, de même que les exemples de courage. Dans l'absolu, ces mutations de société sont tout à fait possibles. Dans le concret humain, cela porte sur des temps très brefs. Parce qu'il est des gens bêtes, fussent-ils PDG de grosses sociétés ou des gens au pouvoir n'ayant jamais été capables d'ouvrir leur regard sur la vie planétaire sur un demi-siècle, il y aura des jacqueries, des explosions. A nous de ne pas nous bercer d'illusions et de faire tout ce que nous pouvons pour dire « ouvrez les yeux », sachant qu'une part du sursaut sera la peur, en même temps que l'intelligence.

HÉLÈNE : Vous parlez de peur. C'est avec cela que l'on garde le veau d'or. Si nous sommes poussés à penser que nous ne sommes rien, que nous ne comptons pas, nous ne changerons rien dans le sens humain que nous aurions voulu choisir ; nous ne ferons qu'aider à la reproduction de ce qui est ?

PIERRE : Tout dépend de la lucidité qu'auront ceux dont dépend l'orientation de l'éducation. Peut-être, parmi ceux qui sont au pouvoir, y en a-t-il ayant l'esprit suffisamment attiré par ces questions ? D'autres ne l'ont pas du tout. Ils n'ont pas l'habitude de l'ampleur ; ils ne voient pas la vitesse des phénomènes. Comment passer à l'acte ?

ALBERT : Je donne pas mal de conférences. Systématiquement, la même question intervient : « On est d'accord avec vous, mais je suis un retraité, un instituteur de province, un lycéen, comment voulez-vous que je change la société ? On n'y peut rien. » Une sorte de fatalisme s'installe.

HÉLÈNE : Après la Révolution française, la première revendication du peuple a été d'avoir accès au savoir. Au début du siècle, les premiers mouvements ouvriers ont commencé par des bibliothèques, des cours d'alphabétisation, puis de philosophie avant même l'instauration de l'école gratuite et obligatoire. Et nous revenons au B. A.-Ba d'un écran de télévision accepté comme instrument de propagande.

ALBERT : Le problème est le même : tout repose sur l'éducation. Aujourd'hui, les choses tournent mal. Combien d'instituteurs se désolent et disent : « Nous avons affaire à des jeunes qui ne veulent pas apprendre ! » Ils vont à l'école parce que c'est obligatoire. Petits, ils veulent savoir. A seize ans, pour certains, c'est fini ; voilà à quel point on les a déformés : notre système d'éducation, notre société forment des analphabètes volontaires ; c'est grave !

PIERRE : On apprenait pour avoir une profession. On voit aujourd'hui des personnes certifiées, compétentes, rester sans emploi. Un gamin de quinze ou seize ans qui voit son père, son oncle, son grand frère rester au chômage n'a pas envie de bûcher le soir au lieu d'aller au foot ou de regarder la télévision. Cette notion de travail défini par ce dont on disposera pour vivre de telle ou telle manière est en cause, mais ce serait du rêve d'imaginer que le goût d'apprendre soit indépendant du revenu qui en proviendra. A partir d'un certain âge, les jeunes constatent dans quelle mesure celui qui travaille rapporte de l'argent, et à quel point tout est fermé quand on n'a pas de travail. Il y a de quoi les décourager. Dans le passé, il y a eu des temps de crise comparables. Certains moments de l'empire de Rome après l'arrivée des barbares, par exemple. En même temps que des jacqueries, nous avons connu dans ces périodes des phénomènes comme celui des moines qui s'isolaient dans le désert face à la dislocation de l'empire. On a vu ensuite se fonder des ordres religieux spécifiques pour construire des ponts et des routes. Les princes donnaient aux aumôniers de quoi entretenir un hospice et ne s'occupaient que de l'armée et de l'impôt. Nous allons traverser une tornade très comparable ; tout va aller en s'aggravant. Je crois aussi qu'en même temps nous verrons l'équivalent de ce qu'ont été les fondations monastiques face à la chute des grands empires. Nous ne sortons pas de l'Absolu en considérant la globalité de l'évolution de notre petite société dans le cosmos, notre petite fourmilière par rapport à l'homme total. La crise nous impose de trouver des points d'appui autres que celui de s'enrichir en exploitant le travail des autres. Il va tellement falloir trouver que, je l'espère, je me le dis, il n'est pas impossible que cela nous amène à redécouvrir la valeur de l'absolu de l'Amour, qui pour moi est l'être même de l'Éternel.

ALBERT : Je pense à la petite fille qui me demandait : « Pourquoi suis-je née, alors que je dois mourir ? » L'important est ce que l'on met entre les deux. Ce peut être une aventure personnelle complètement isolée, ou une aventure qui sera reliée à celle des autres. Complètement isolée, elle n'est de toute façon pas satisfaisante ; elle n'est même pas réalisable. Reliée à celle des autres, il ne suffit pas de le savoir ; nous avons besoin de plus. Que voulons-nous ? Ce peut être simplement participer à l'aventure humaine. L'humanité est en mauvaise posture ; nous allons nous efforcer de l'améliorer. Avoir besoin de plus est un constat ; pas une foi. Il se trouve que j'ai besoin de plus.

PIERRE : On retrouve ce que j'avais dit : « La vie est un peu de temps donné à des libertés pour, si tu veux, apprendre à aimer. » Si tu apprends à aimer, tu seras contagieux.

ALBERT : Bien sûr, l'absolu est un ressort vital. Quand il peut exister, c'est un ressort formidable. Certains n'ont pas besoin d'absolu et ne manquent pas pour autant de ressort vital. Ils auront une vie riche, elle sera éventuellement généreuse, mais simplement pour le plaisir d'être généreux.

PIERRE : A condition que ce ne soit pas au détriment des autres, ce peut être une recherche purement de laboratoire ; elle n'est pas nécessairement caritative. S'il n'y avait pas en presque tous la certitude que continuer d'exister n'est pas un chemin sans valeur à l'horizon, comment expliquer que ceux qui pensent soient si nombreux à consentir de vivre ? Nous avons entendu le mot « idéal » ; le mot « fraternité ». Pour moi, il n'y a pas ceux qui croient et ceux qui ne croient pas en Dieu ; il y a les idolâtres du moi, qui piquent ce qu'ils peuvent au détriment des autres, et les communiants. Coluche m'avait dit : « Moi, j'aime bouffer ; savoir qu'en France il y en a qui ne bouffent pas alors qu'il y a de quoi bouffer, ça me fait mal au ventre. » C'est un exemple de ressort vital tout à fait valable qui, pour moi, n'est plus distinct de ce terme adorable. La même réalité se manifeste. Les uns passent par la sacristie, les autres font un travail intellectuel comme le nôtre. Nous retrouvons là la notion d'Absolu. L'avantage de cette notion est d'échapper à toute définition qui la restreigne, et nous ne pourrons jamais être satisfaits d'en avoir parlé. Lorsque nous aurons mis un point final, nous aurons le sentiment de ne l'avoir qu'à peine effleurée. J'ai dit que j'en avais marre d'être agissant dans le devenir, et nous avons été projetés vers des notions d'infini, d'être, de devenir qui nous dirigeaient vers des directions imprévues. Lorsque nous en arriverons à la notion du risque d'intolérance, nous serons devant un sujet facile. Il y a des tentations d'intolérance, et la nécessité d'être toujours sur la défensive. Dans toute action des politiques pour s'intéresser au bien commun, il faudra veiller à ce que, parmi les meilleurs, certains ne deviennent pas fous lorsque l'on en arrivera à un certain degré de pensée ou de responsabilité. Un certain pouvoir de débat intellectuel peut effectivement entraîner à des intolérances. Par définition, l'Absolu dont nous parlons, les valeurs qui se ramènent au mot « Amour » comme étant le plus compréhensible par la diversité, est ce qui est menacé en permanence par l'intolérance. L'intolérable menace sans cesse. Pour faire le bien du peuple, on prend des décrets ; on décide ; on marche dans tel ou tel cadre ; on est embrigadé dans des sociétés ayant existé dans toutes sortes de pays du monde. Au fond, le seul moyen d'aller vers l'avenir, de sortir du marais sans tomber dans l'intolérance, est d'aimer. L'Amour, dont l'essentiel est d'être partageable, risque en permanence de s'instituer au nom de la plus grande efficacité : je l'aime ; je veux lui faire des paradis pour demain ; et je deviens un tyran. Les tyrans prétendent agir au nom de l'amour ; mais la tyrannie est un champignon qui détruit l'acte d'aimer.

Responsables ?

HÉLÈNE : Malgré tous les aléas, les avancées et les confiscations de droits, la démocratie née de la Révolution française s'appuyait sur l'idée selon laquelle les lois étaient construites par et pour les citoyens. Or, la loi semble échapper aux citoyens. Comment avoir des droits, être membre d'une société démocratique, sans y exercer sa part de responsabilité ?

PIERRE : En réalité, la bourgeoisie ne tolérait plus la suprématie des aristocrates et voulait prendre le pouvoir. Le peuple n'y a rien gagné. On connaît surtout ceux qui se sont guillotinés les uns après les autres. Ceux qui ont rédigé la Déclaration des droits de l'homme et du citoyen ignoraient souvent la multitude. C'est un évêque qui a présenté les textes de la Déclaration des droits de l'homme aux Assemblées après avoir présidé la Commission. Parmi eux, des inconnus ont désiré que le peuple puisse avoir la parole.

ALBERT : On vient de parler de peuples, de sociétés. J'aimerais réagir en biologiste, et même en physicien. Un peuple, une société, sont un ensemble d'individus. Un ensemble concret de plantes ou d'animaux fait de particules a, en tant que tel, des propriétés autres que l'addition des propriétés des éléments qui le constituent. Le mot « et » ne signifie pas « plus ». Le simple fait de mettre ensemble, d'intégrer en un tout, crée du neuf. Mais de quoi dépend cette nouveauté ? Essentiellement de la nature des interactions entre les éléments. Si vous mettez des atomes les uns avec les autres, ils s'accrochent ou se repoussent en fonction de leurs charges électriques, c'est tout. Dès que l'on a affaire à des cellules, on voit apparaître, lorsqu'elles s'agrègent, des êtres multicellulaires dont les propriétés sont extraordinairement autres. Le grand événement survenu dans l'histoire de la vie il y a trois milliards et demi d'années ne se précise qu'après plus de deux milliards d'années ; il a fallu tout ce temps, durant lequel les cellules étaient les unes à côté des autres sans que rien ne se passe. Il n'y a que sept cents millions d'années, au dernier cinquième de l'histoire de la vie, ces cellules s'agglutinent et créent des êtres multicellulaires. Cela change tout : elles sont intégrées, ce qui fait émerger le pouvoir de l'ensemble. Tout en restant ce qu'elle était, élément d'un ensemble, chacune n'a plus le même destin. Au départ, cet ensemble s'ébauche par des échanges aux frontières des cellules. Progressivement, on voit apparaître des ensembles d'êtres. Avec l'homme, les échanges entre les éléments font que chacun des individus a une tout autre nature. Entre les animaux, ce sont des rapports de forces. Il peut aussi y avoir des rapports d'aide, mais, nous, nous avons inventé le langage ; une communication sans commune mesure avec celle des animaux. Nous nous trouvons devant un facteur d'intégration entre les individus totalement inédit dans l'histoire de la Terre. Cette phrase de l'Évangile « aimez-vous les uns les autres » ne signifie pour moi qu'une chose : vous êtes les uns « avec » les autres, plutôt que les uns « contre » les autres ; il faut aller plus loin encore que l'aide ; il faut aller vers l'Amour. Ce n'est pas rien. A cause de cela, les propriétés du groupe seront radicalement autres. Pour moi, une société est un ensemble dans lequel les relations entre les individus sont les rapports naturels de toujours. Dans le régime économique existant, une société se fonde, elle en élimine une autre, elle en absorbe une troisième, elle existe pour se battre : c'est la compétition. C'est efficace, mais il n'y a là que les rapports classiques entre tous les êtres vivants. Si l'on passe à la notion de peuple, tout change. Un peuple est un ensemble d'individus qui admettent entre eux autre chose que des rapports de forces, d'exclusion, de domination. Un peuple ne peut guère avoir de hiérarchie établie. C'est cela, pour moi, la démocratie. Il peut sembler monstrueux de dire que le peuple fait les lois. Comment va-t-il s'y prendre ? Ça l'est au sens de l'histoire de la Terre, c'est la première fois que cela se produit. Nous sommes des monstres ; l'Amour, c'est monstrueux ; ce n'est pas dans la norme de toujours. C'est pourquoi j'aimerais séparer le mot « société », qui va si bien avec « société anonyme » ou « société par actions », de la notion de peuple. Une société a une structure donnée, et donc nécessairement un chef dominant des sous-chefs. Un peuple essaie d'inventer tout autre chose. Au bout de deux mille ans, cela ne peut pas fonctionner tellement bien ; c'est trop jeune. Le choix essentiel est de savoir si l'on y tient. Est-ce que nous fondons une société française plus ou moins anonyme par actions ou par intérêts ? On sait qu'elle produira ; qu'elle exclura ceux qui ne produisent pas bien, et cela ne m'intéresse pas. Formerons-nous un peuple français, et un jour un peuple humain, avec un tout autre objectif ? Il y a un grand danger à continuer de parler des objectifs d'une société, que sont l'efficacité ou la compétition, en prétendant parler de peuple. Un peuple ne doit pas être efficace ; il ne doit pas être concurrentiel ; il doit vivre ensemble. Ou nous parlons de liens naturels à base de rapport de forces, ou nous évoquons des liens arbitrairement définis à base d'Amour.

HÉLÈNE : Qui dit arbitrairement définis dit librement définis. Nous étions d'accord sur ce point : l'Amour, sans la liberté, ne pouvait exister. Si je vous entends, un peuple sans liberté ne peut exister ?

PIERRE : Absolument ; en ramenant les choses à une notion qui me tient à cœur : le refus, concernant les hommes, de considérer dans leur réalité de groupe ce que l'on appelle sommairement la loi naturelle. La loi naturelle est celle du rapport de forces, et on ne peut rien changer. Si l'homme s'en contente, il peut établir des sociétés dont certaines triompheront temporairement en utilisant la concentration de toutes les forces. L'Amérique a voulu montrer sa suprématie en envoyant des hommes marcher sur la Lune ; c'était une gaminerie dont on ne sait pas si elle servira jamais. Le peuple ne commence à exister que lorsque survient le dépassement et presque le renversement, consistant à ne plus se contenter de la loi naturelle. La liberté intervient là. Bien sûr, ce sont des actes libres qui ont décidé d'aller sur la Lune ; ils décident de chaque exploit pour lesquels on demande aux peuples de se ruiner pour la gloire d'une société et l'enrichissement de quelques-uns. Mais il s'agit d'une tout autre notion de la liberté, lorsque l'on envisage la réalité de la force de vie. Il y a en même temps tellement de quoi se mettre en colère contre ce qui l'empêche d'accomplir sa contribution à cet énigmatique aboutissement ! Le terme est une rencontre entre source de vie infinie et milliards de sources de vie qui ont existé, existent et naissent à tout instant : le « un » de nous tous devient encore plus « un ». A mesure que ce « un » se réalise en boitant et en saignant, il va vers une rencontre pour pouvoir dire à chaque individu : « Tu es attendu par la rencontre de la source première de la Gloire, l'Amour reconnu par l'Amour. » La gloire de Dieu, Père, Fils, Esprit, ne donne évidemment pas de « trucs » pour résoudre les problèmes politiques, la protection sociale, la Somalie et les suprématies économiques. Cela multiplie notre exigence vis-à-vis de nous-mêmes. Cette exigence est notre responsabilité et notre pouvoir. Elle éveille notre colère devant ce qui entrave ce qui pourrait être le sens de ce « plus ». Un exemple est celui de la famille. Une famille est le résultat du consentement libre à l'union de deux personnes, et leur don de soi aux enfants qui vont naître. Ce n'est plus un rapport de forces ; c'est la force qui va se mettre au service du plus faible pour qu'il devienne ce qu'il est capable de devenir. Il serait intéressant d'approfondir les faits historiques, les corruptions et les déviances qui actuellement s'étalent en bien des lieux de la Terre dans les conflits entre les peuples. Ce ne sont pas des conflits de société. Lorsque les uns et les autres proclament la purification ethnique, la question se situe au-delà. Ce n'est pas un industriel qui liquide du personnel pour gagner plus ou pour sauver l'entreprise. Il s'agit d'éléments passionnels dont les fondements croient souvent s'appuyer sur des absolus. On connaît la querelle cruelle après la dislocation de l'URSS entre catholiques et orthodoxes pour s'emparer des églises, chacun réclamant la vérité pour lui. On voit des peuples aller jusqu'à des haines immenses, comme s'ils étaient des « sociétés ». Que cherchent à gagner ceux qui réclament la purification ethnique ? Rêvent-ils d'une extension du territoire, d'une extension de domination pour régner sur plus grand ? Je connais mal la question. Mais c'est entre peuples que les conflits ont éclaté. Ce qui m'amène à la réflexion qui me travaille beaucoup à propos du mystère du peuple d'Israël concernant la notion de terre promise qui ne l'est plus quand elle a été volée. Parce que je le respecte, je dirais à un juif : « La terre vous avait été promise, à vous qui aviez le privilège d'être les seuls ayant une tradition monothéiste, car la mission vous était confiée de porter ce point d'appui à l'humanité entière. On me répond que, pour qu'un peuple dure, il lui faut un territoire. Ce n'est pas si vrai. Pendant deux mille ans, le peuple juif a vécu sans territoire. » C'est aussi le cas des Arméniens et de tant d'autres peuples, qui ont su préserver leurs valeurs. La notion de peuple implique le dépassement de la loi naturelle, et, dans ce chemin, elle implique des valeurs non plus simplement artistiques ou techniques, mais des valeurs absolues que l'on transmet. Pour moi, ces valeurs se ramènent à trois. L'Éternel est unique. L'Éternel est Amour, malgré les tuiles, nous sommes Aimés. Troisièmement, nous avons de la liberté pour répondre, si nous le voulons, à de l'Amour par de l'Amour entre nous dans l'offrande et la vraie prière : que je joue, que je travaille, je Vous l'offre tout au long d'une journée et d'une vie. L'Amour est diffusif de soi ; il est source de paix. Quand je parle de paix, nous savons bien historiquement que ces valeurs seront continuellement combattues sans être reniées, au nom d'absolus. Elles conduiront à la guillotine, au goulag, à tous les excès possibles au nom des fanatismes qui absolutisent l'idolâtrie.

ALBERT : Mais j'ai le droit et le devoir de refuser cet absolu qui confisque la liberté ; j'ai la liberté de le faire.

PIERRE : Sachant tout ce que nous savons des égarements hitlériens, la perversion peut survenir après l'adoption de l'Absolu ; elle peut donner l'illusion que le chemin est là, sans que la liberté n'implique le rejet conscient de cette perversion de l'Absolu. Nous ne pouvons pas dire que Judas ou qu'Hitler soient des damnés. Nous ne savons pas ce qui est pathologique dans le comportement de tel ou tel, et d'autant moins qu'un tout petit décrochage d'aiguillage peut embarquer chacun sur une route sans retour. Ce n'est pas forcément un refus de par la liberté ; c'est une démission de la liberté dans ce qu'elle signifie de critique, plus que de refus.

HÉLÈNE : Les valeurs affirmées dans la Bible ou dans la Déclaration des droits de l'homme représentent, disiez-vous, un dépassement de la loi naturelle. Il est moins souvent affirmé qu'elles sont le résultat d'un choix, d'une liberté. La liberté d'un peuple est collective. Nous en sommes collectivement et individuellement dépositaires. Si Hitler a pu confisquer la liberté des peuples d'Europe, c'est parce que ceux qu'il a fait marcher au pas avaient pu négliger cette part de liberté qui les poussait à le dénoncer ouvertement avant qu'il ne prenne le pouvoir. Peut-être pouvons-nous évoquer la notion d'« instrumentalisation » des peuples. C'est pour utiliser des peuples en les faisant renoncer à exercer leur responsabilité individuelle et collective que la liberté est confisquée ?

PIERRE : Je crois qu'il faut distinguer deux cas : ceux qui se trouvent victimes d'un tyran avec lequel il n'y a pas à discuter, et le cas allemand avec Hitler, totalement différent. Voilà un peuple crevant de faim ; humilié par la défaite, refermé sur lui-même et ne voyant pas d'issue. Ce n'était pas une liberté qui lui avait été prise, c'est une liberté qui avait démissionné ; « que papa s'en occupe, ça nous dépasse ». Grâce à des slogans, des phrases, le Führer obtient l'adhésion de gens dont la liberté était aliénée par la pression de l'angoisse. Quand cinq ou dix mille personnes démissionnent, tout le monde finit par les imiter, à l'exception de minorités. En Allemagne, il y en a eu d'admirables, minuscules comparées au phénomène.

ALBERT : J'en reviens à ma définition d'un peuple, cet ensemble d'individus intégrés par des rapports les uns avec les autres, ce qui lui donne des pouvoirs propres. Pour pouvoir se définir, cet ensemble comporte nécessairement des frontières. Mais l'essentiel est qu'elles ne soient pas fermées. Là encore, c'est une vérité physique. Dès qu'un ensemble est isolé, dès que ses portes sont fermées, il ne peut que se dégrader. C'est ce que l'on nomme la croissance de l'entropie. Un peuple, comme toute structure vivante, a besoin de frontières poreuses pour pouvoir évoluer, se transformer, vivre. Il a surtout besoin de recevoir des influences extérieures, car tout peuple a d'autres peuples à ses côtés. Si, pour créer un peuple, le rapport de forces a été remplacé par le respect, et si la relation avec les autres peuples est le rapport de forces, qu'a-t-on pu construire ? Les rapports de peuple à peuple doivent avoir la même qualité que les relations d'individu à individu d'un même peuple. Pour moi, « liberté » est encore un de ces mots terriblement dangereux : elle ne s'exerce pas par caprice. Il s'agit de s'intégrer ou non à un groupe, et, pour cela, on n'a pas le droit de faire n'importe quoi. On peut être le ferment de la transformation d'une Église, d'un groupe, mais il faut respecter les règles du jeu qui a été peu à peu construit par cette intégration de tous les hommes composant ce peuple, et surtout pas imposé de l'extérieur par un chef, quelle que soit la façon dont il a été nommé. Le plus difficile est d'arriver à des lois, donc à une structure permettant de vivre ensemble. Pour moi, sécréter et inventer, c'est la même chose. Aucune cellule ne peut à elle seule assurer la digestion ou la respiration.

Si je peux vivre, c'est par l'interaction d'une multitude de cellules. Ce qu'aucune ne peut faire seule, l'organisme sait le faire. Ce qu'aucun individu ne sait faire, un peuple sait le faire. Aucun individu ne sait inventer des lois, mais un ensemble d'individus peut les adopter. Si c'est l'œuvre d'un individu seul, ce n'est pas une loi, c'est l'imposition d'un ordre. Vouloir que les lois soient faites par un ensemble, et c'est cela la démocratie, est évidemment très compliqué ; mais c'est exactement calqué sur mon organisme par rapport à mes cellules.

HÉLÈNE : Vous invoquez là une analogie à la loi naturelle en faisant l'amalgame entre science et organisation sociale : n'est-ce pas dangereux pour la pensée et pour la liberté ?

ALBERT : Oui, c'est dangereux. Mais c'est une métaphore pour chercher à comprendre ce phénomène étrange, selon lequel le tout a des pouvoirs que n'ont pas les parties. Pour moi, une Église a des pouvoirs que n'ont pas les personnes qui y prennent part. Même chose pour un parti, même chose pour une nation. Mais ce pouvoir n'existe justement qu'à une condition : les relations à l'intérieur de ces ensembles doivent permettre l'intervention de chaque individu.

PIERRE : On n'a jamais à inventer la liberté. En tant qu'humains, on la découvre. A mesure que nous devenons un peu adultes, nous nous voyons, dans des carrefours où nous sommes, partiellement libres de choisir un chemin. Il n'existe pas de liberté absolue qui serait divine ; nous sommes en partie déterminés par des atavismes, des circonstances historiques relatives au peuple précis dans lequel nous vivons, nous sommes à tel moment influencés davantage par tel penseur. Nous n'avons pas à inventer la liberté ; nous avons à la vivre. Le jeu de la liberté et sa finalité sont d'être, ou la liberté ne signifie rien. Ce jeu est la possibilité que ces quelques kilos qui matérialisent notre personne, organisés de telle manière que les milliards de cellules d'un cerveau aboutissent à me permettre d'Aimer avec l'application la plus parfaite qui est le service des plus dépréciés par la cohue du groupe. La liberté est ce qui fait tenir un ménage quand tantôt l'un ou l'autre a l'intention de faire sa valise et choisit librement de ne pas se laisser dominer par les contrariétés du moment. C'est un peu la même chose pour un peuple. Des personnalités vont influencer. Je me sens dans l'obligation de mettre le poids que je peux pour dire à propos de Le Pen : « Ne jouez pas avec le feu, c'est de ses arguments que provient le pire ! » Nous sommes continuellement acculés à redéfinir et à repenser les exigences et les merveilles de la liberté. La liberté est vaine, si elle n'est pas la communication ; l'adhésion à cet Absolu qui fait exister l'univers. Nous ignorons si ce cosmos que nous découvrons dans l'infiniment grand et l'infiniment petit va indéfiniment s'étendre ou se rétrécir, mais cet univers serait totalement absurde s'il ne culminait pas en quelque point, si infime soit-il, en des êtres dotés de la capacité de dire à l'Éternel : « Oui, sois. » Toute ma vie spirituelle a reposé sur cette simple adhésion spirituelle et espérante. Ce que je ne comprends pas, je veux avoir la confiance que ce ne soit pas un manque d'Amour de Toi à nous.

ALBERT : C'est là une parole d'homme de foi. Si l'on se contente d'être un homme qui regarde l'univers se sachant au milieu, on peut ne pas partir uniquement du fait que nous sommes là, que l'univers nous entoure, et espérer qu'il existe un au-delà. On peut ne pas avoir envie de l'espérer. On se dit simplement : maintenant, c'est à moi de jouer. Nous trouvons là le concept de liberté : c'est à moi de jouer, en tenant compte des contraintes. La liberté sans contraintes n'a pas de sens. Ne pourrait-on pas dissocier ici deux notions de liberté, celle de l'action – on peut agir mais l'univers et les autres nous imposent des contraintes – et la liberté d'imagination qui, elle, ne doit pas avoir de contraintes ? La liberté de réfléchir, de mettre en doute, doit être sans contraintes. Or, l'histoire des hommes prouve combien de contraintes ont été opposées à la liberté de penser, les Églises ayant été particulièrement coupables, comme tous les régimes autoritaires. Le trait essentiel du tyran est qu'il empêche de penser. Quand j'étais enfant, les « libres penseurs » étaient forcément des bouffeurs de curés. Comme ma famille était du côté des curés, nous étions contre les libres penseurs. Cela m'avait toujours étonné. On comprend bien que la liberté d'agir ait des limites ; pas celle de penser.

PIERRE : Toutes les considérations sur la liberté sont bouleversées dès que le libre penseur que nous souhaitons être, y compris dans nos adhésions, perçoit que, parce qu'il est Aimé, il est, pour Aimer. Nous touchons là un point extrême. Lorsqu'il atteint cette notion qu'une telle réalité cosmique ne peut venir que d'un Infini, malgré tous les événements tragiques, tout change. L'Éternel m'a donné ma part, mon étincelle de liberté, pour que je puisse la répandre en Aimant mon voisin comme les actes planétaires embrassant les générations qui viennent, et comme le point d'origine de tout cela. Je dirais fraternité à partir du moment où nous avons eu cette audace. Dans la messe au moment de dire le *Pater*, le texte précise « nous osons dire ». Le Seigneur nous y a invité ; nous osons dire « Notre Père ». Oser, nous, si minuscules, nous dire fils, êtres de la même famille, est une prétention intolérable : c'est minimiser la transcendance absolue de Dieu. Il n'y a que l'Évangile et Jésus pour conduire l'homme à une telle audace.

ALBERT : J'essaie de dire la même chose que vous, sans y introduire le mot « Dieu », que vous dites vous-même indicible. Le mot « révélation » n'introduit-il pas déjà une limitation à la liberté de penser ? N'est-ce pas admettre que quelque chose ne peut plus être discuté, car venant de Dieu ? J'aimerais bien me passer de cette notion. J'admire l'Évangile dans la mesure où c'était une invention humaine. Est-il nécessaire d'évoquer une révélation de l'Amour du prochain ou une nature divine de celui qui l'a énoncé ? Je fonde la liberté sur un constat : je suis capable de comprendre que j'appartiens à l'univers et que je peux y réaliser un projet. Mon objectif est d'être capable de l'inventer au profit des hommes qui vont me suivre. La libre pensée est la cohérence intérieure d'une pensée. Les mathématiciens la pratiquent lorsqu'ils mettent en évidence leurs axiomes, et disent : « Nous allons raisonner avec telle et telle règle. Si vous n'êtes pas d'accord avec toutes les règles, vous en choisissez d'autres, mais, une fois que vous les avez adoptées, vous êtes pris dans la logique que vous développez. » J'ai eu la liberté d'adopter mes règles ; après quoi, ce que j'appelle la liberté de pensée est respectée lorsque personne ne m'empêche d'en tirer les conséquences. Si mes conséquences aboutissent à des conclusions qui paraissent scandaleuses, tant pis, il faut l'appliquer. C'est ce que font les logiciens. Pour moi, la liberté de pensée n'a, en fait, pas d'objectif ; elle est simplement respectueuse d'une cohérence interne.

HÉLÈNE : L'Histoire a connu des figures tel Alexis Carrel, pour lequel la cohérence interne menait à l'élimination des juifs, des homosexuels et des délinquants, s'agissant de délivrer la communauté humaine de ceux qu'il considérait comme des « tarés ». Cette définition de la libre pensée peut donner lieu à des raisonnements froids conduisant à l'eugénisme.

PIERRE : Nous sommes là dans l'ordre de la logique. C'est une part très importante des activités humaines. Mais, en même temps que les évidences de la logique et ses rigoureuses exigences, la mathématique tranchante et précise a ses obscurités. Il y a un autre ordre que la logique. Des instants où le plus profond de nous-mêmes est touché par ce que j'appellerais des intuitions. Lorsque vous voyez une maman qui pleure parce qu'elle ne sait pas où aller avec son bébé, que reste-t-il de la mathématique et de sa logique ? Si vous perdez votre temps à l'aider, cela peut sembler contraire à la logique, mais cela est. En ce moment même, parmi les milliards d'êtres humains, une quantité de gens font des actes libres et non logiques de ce genre. La Bible est évidemment écrite après coup. Quand Dieu fait des discours sur quatre pages pour s'adresser à Moïse ou au prophète Élie, ses propos n'ont pas été appris par cœur ni enregistrés. En réalité, c'est une intuition intérieure coïncidente avec tout ce qui a été dit antérieurement par les prophètes et la partie mythique de la Bible, depuis les origines jusque après le Déluge. Lorsque l'intuition de celui-là, qui devient prophétique, est dans la continuité rigoureuse de cette adoration et de cette fraternité, nous l'appelons révélation, mais ce n'est pas un coup de téléphone ! L'être humain est ainsi fait ; il tend vers la fraternité et l'Adoration qui, pour moi, sont inséparables.

HÉLÈNE : Une autre notion peut peut-être nous faire converger. Au nom du mieux-être, nous voulons transmettre l'invention du mot « liberté » que nous ont laissé nos anciens. Peut-être ne soudons-nous pas assez cette notion à celle de responsabilité, de devoir. Comparer l'homme à une cellule soumise à des lois naturelles scientifiquement cadrées, c'est estomper la notion de responsabilité. La liberté est agie ou elle n'est pas.

ALBERT : Pierre disait que le monde serait absurde sans la révélation de l'Amour. Pour moi, l'absurdité essentielle est dans l'avenir. Je ne serai plus là dans cent ans ; l'humanité ne sera plus là dans quelques centaines de millions d'années. Alors, quoi ? Qu'est-ce que je fais là, provisoirement ? Finalement, la vraie responsabilité n'est-elle pas d'utiliser le présent ? Être. Peut-être pas au service d'un projet à très long terme, puisque le très long terme est le néant. Il me faut me satisfaire de donner du sens à l'histoire présente pour sortir de l'absurde. Là est la responsabilité. Ne puis-je pas être heureux de participer à une histoire qui n'a peut-être pas d'avenir, mais qui a en tout cas un présent, celui de construire quelque chose d'au moins un plus humain. Il se trouve que je vis dans une humanité ô combien imparfaite. Je peux contribuer à sortir, ne serait-ce que très partiellement, de cette imperfection. C'est une responsabilité un peu désespérée car je ne vois pas de projet à très long terme, à moins d'avoir une foi selon laquelle tout cela fait partie d'un grand dessein menant à un point oméga, comme aurait dit Teilhard. En tout cas, moi, je ne le sais pas.

PIERRE : C'est évidemment dans le présent que notre recherche de libre pensée et d'action responsable se situe. C'est dans le présent que les circonstances nous le demandent ; le présent en vue d'un futur qui reste obscur. Il ne s'agit pas du plan d'un architecte qui sait qu'il achèvera son édifice étage après étage. Rejoignant la pensée de Teilhard, je fais cependant une observation qui semble contredire les faits. Dans les siècles, il n'y a pas que le présent et l'avenir ; il y a le passé. Dans ce que nous en connaissons, nous constatons sans aucun doute, même si ce n'est que pour des raisons physiques, mécaniques ou techniques, que cette humanité, qui occupe si mal le petit grain de sable qu'est la planète Terre, va vers le « un ». On pouvait autrefois mourir de faim au Soudan. Pour pouvoir réagir, nous ne l'aurions su que des mois après par des voyageurs ayant des versions différentes. Aujourd'hui, on le voit, on le sait à la seconde même par la télévision. En dépit de l'unité rompue de ce qu'étaient l'URSS ou la Yougoslavie, ces unités contraintes que l'on a vu éclater et que l'on voit se haïr, se diviser, ces peuples vont se trouver obligés d'aller vers du « un » ; il faudra bien que toutes ces horreurs de dogmatisme, de duperie, par des discours sur la patrie se terminent par un accord. Que les Nations unies aient pu survivre à des crises qui auraient dû les détruire est pour moi un événement considérable. Ce mot a germé dans le vocabulaire du monde entier : le droit, le devoir d'ingérence, est un facteur de « un » considérable. Nous sommes responsables parce que nous savons. Nous avons parlé du présent, du futur, je ne peux pas vivre sans penser au passé. Lorsque j'écris au bas d'une dédicace « Et les autres ? », c'est cela que je crie. « Et les autres ? », depuis l'origine de l'être humain jusqu'à la venue du Christ, jusqu'à cette triple affirmation : « L'Éternel est Amour, tu es Aimé, tu es libre pour Aimer, et, dans cet Amour, tu rejoins l'Éternel. » Et les autres ? Cette question est énorme. Lorsque Jésus dit : « Si vous ne croyez pas en moi », comment pourraient-ils croire en lui, tous ceux qui sont dispersés à travers la Terre n'ayant jamais eu la moindre notion historique ? Et ceux d'avant ? La revue *Actualités religieuses mondiales* a fait un dossier sur l'homosexualité et m'a demandé d'écrire l'article final. Pour m'en débrouiller, j'ai pris le nouveau *Grand Catéchisme universel* qui consacre une page à la question, et je l'ai analysée ligne par ligne disant : « Là, il y a du progrès, moins de sectarisme ; autrefois, il n'y avait que des pécheurs, maintenant, ils reconnaissent le fait. » Mais, entre autres, une phrase m'a fait sauter au plafond : « Un nombre "non négligeable" d'hommes et de femmes sont dans cette situation… » Penser que des gens ayant ce niveau de responsabilité n'aient pas compris ce qu'ils écrivaient là ! Au-dessous de quel nombre l'homme peut-il être négligeable ?

HÉLÈNE : Vous disiez : maintenant, nous ne pouvons plus dire « je ne savais pas ». Ce n'est pas vrai. Aujourd'hui, sur la planète, quelques agences vendent au monde entier des informations qui ne seront jamais vérifiées. Nous connaissons certains faits, d'autres non. La presse se concentre entre les mains d'uniques propriétaires. « C'est une marchandise comme une autre », dit-on. Notre droit à l'expression et à l'information sont en cause. L'exercice de notre responsabilité peut nous être confisqué ; nous sommes devant la nécessité de les faire respecter. Votre crainte est le terrorisme ; mais, pour beaucoup de minorités, il pourrait un jour n'apparaître que ce moyen d'expression.

PIERRE : Nous mesurons là toute l'importance des Organisations non gouvernementales. Il faut des témoins ; des hommes portant témoignage.

ALBERT : Il faut insister sur la responsabilité très spécifique des scientifiques. Ils doivent dire ce qu'ils trouvent en étant bien sûrs d'être compris. Or, trop souvent, un scientifique trouve quelque chose et le présente de telle sorte que son propos peut être utilisé de façon dévoyée. Il y a peu, les journaux parlaient d'une découverte selon laquelle l'homosexualité serait liée à une caractéristique génétique, située paraît-il sur le chromosome « x ». En regardant de près, nous avons une très vague indication d'une éventuelle prédisposition à l'homosexualité, et en aucun cas l'ombre d'un déterminisme. Mais l'homosexualité et la génétique se « vendent bien » ; tout le monde en parle. Arrivent à l'opinion publique, au nom du droit à l'information, quantité d'idées fausses et en tout cas sans le moindre fondement solide. Elles présenteront l'homosexualité comme une maladie quand il s'agit d'un comportement. La relier à un gène, c'est la classer sans le dire, en faire une maladie fatale. Poussant cette logique à l'extrême, on en viendrait à admettre l'élimination de cette « maladie » en empêchant ceux qui en sont porteurs de transmettre leurs gènes. Ces concepts non fondés passent d'autant plus facilement dans le public qu'ils sont présentés avec un attirail mathématique ; donc, croit-on, cautionnés par lui. Nous vivons dans une société complexe. Il est de plus en plus difficile d'accéder à la science. Le devoir des scientifiques est de réagir et de dire : « Attention, par les mêmes raisonnements, on pourrait démontrer que le fait d'être communiste est génétique. » Si vous prenez une centaine de communistes américains et que vous observez les opinions politiques de leurs frères et sœurs, ils ont probablement plus de chances d'être communistes que la moyenne ! Ce n'est évidemment pas sérieux. Les scientifiques ne me semblent pas réagir assez vite à l'usage social qui est fait de leurs propos. Il y a vingt ans, avait été annoncée la découverte du fameux chromosome du crime. La nouvelle s'était répandue aussitôt. Lorsque, quelques années plus tard, on a fait une observation sérieuse, on s'est aperçu que l'on était allé trop vite. Ce qui avait été révélé de bonne foi était une fausse découverte. Le démenti a eu beaucoup moins de répercussions. La première annonce allait dans le sens d'une société qui aime bien biologiser les comportements. Les journalistes sont plus facilement attirés par ce qui va dans ce sens que par la correction inverse. Le goût du scoop est extrêmement dangereux.

PIERRE : Il faudrait aux journalistes une préparation universelle pour mesurer le caractère sérieux ou prématuré d'affirmations formulées par des scientifiques. On ne peut pas empêcher le journaliste d'être à l'affût du scoop ; d'une certaine manière, sa responsabilité est d'être le premier. Le cas de ceux qui sont l'objet d'enquête et que les journaux présentent coupables, alors que l'on va conclure éventuellement à leur innocence, est comparable. Quel organisme sera capable de rappeler aux journalistes comme aux scientifiques qu'ils ne doivent pas trop vite dire les choses ?

HÉLÈNE : Nous pouvons nous interroger. De plus en plus, dès qu'un problème moral profond se pose, on crée une commission ou un comité. Ce serait peut-être l'organisme dont vous parlez. Mais ce genre d'institution ne contribue-t-elle pas dans les faits à diluer la responsabilité citoyenne de chacun ?

PIERRE : Le Comité national d'éthique est-il assez courageux pour intervenir à contre-courant ?

ALBERT : Oui, mais dans ce genre de cas scientifiquement flou, il risque d'estimer que ce n'est pas son rôle.

PIERRE : Encore faudrait-il donc le dire : nous avons besoin qu'il assume de faire la différence entre les probabilités et les incertitudes. N'ayons pas d'illusions concernant l'éducation. La complexité scientifique est de plus en plus grande ; nous voyons des personnes de plus en plus instruites, et nous voyons en même temps diminuer le pourcentage des citoyens à la hauteur des compétences nécessaires.

ALBERT : Ne sommes-nous pas obligés de revenir à

cette question : qu'est-ce qu'une personne humaine ? Sans aucun doute, c'est d'abord un être qui a un patrimoine génétique humain ; mais la définition n'est pas suffisante. Un embryon n'est qu'une personne potentielle ; un bébé qui naît est, lui aussi, une personne potentielle. La personne se construit au contact des autres, de ses parents, et de tous ceux qu'elle rencontrera. On ne peut pas déterminer que, tel jour, ce fœtus est devenu une personne ; ce ne peut qu'être une approche progressive. La discussion sur le Code de la nationalité nous a donné l'occasion de nous poser à nouveau la question. On a parlé de « droit du sang ». Il est absurde d'imaginer que nous avons dans le sang, c'est-à-dire dans notre patrimoine génétique, quelque chose qui nous prédispose à être français. La notion même de sang représente la même dérive que l'homosexualité et les chromosomes. Il faut concevoir une personne comme l'aboutissement d'un long cheminement effectué au cœur d'une société. Et ce cheminement dépend essentiellement des apports de cette société : je deviens quelqu'un par ces apports, et non par ma nature initiale. Je ne deviens responsable vis-à-vis d'une société que parce que cette société m'a fait libre. Je n'ai aucune responsabilité envers une société qui ne m'apprend pas à être libre. Le soldat qui obéit aux ordres n'est responsable de rien : il tue parce qu'il obéit. C'est parce que nous connaissons le concept de liberté que nous sommes devant des choix dont nous sommes responsables. Comment dissocier le concept de responsabilité de l'apport de la société ?

Pouvoir ?

Pierre : Dire qu'avant l'intervention d'actes d'être libre la personne n'existe pas me préoccupe, tout comme les phases antérieures. Dès l'instant où s'est produit la conjonction de deux éléments qui font l'existence de cette potentialité, bien qu'elle soit tout à fait inapte à un acte libre et responsable, n'est-elle pas déjà, avec ce que nous considérons comme sacré dans la personne ? Il faut commencer, je crois, par délimiter deux acceptions très différentes du mot « personne ». S'agissant de responsabilité, il n'est pas forcément question d'un adulte. Le début de responsabilité de l'enfant n'a pas d'âge : dans un jardin d'enfants, nous voyons les uns en prendre d'autres en grippe, et d'autres se prendre d'affection : c'est une amorce de responsabilité, de bien et de mal, de regard vers les autres ou d'idolâtrie. Si l'éducation intervient, on peut aider l'enfant à exercer sa responsabilité. Ce prodigieux passage de deux milligrammes de matière entre un monsieur et une dame qui peuvent être admirables est un aliment de mon Adoration. Devant de tels faits, on ne peut que rester muets : personne ne l'a inventé, et cela est, à tout instant. Ces mêmes objets de mon admiration dans l'Adoration peuvent en un instant être dans l'abomination. Il est abominable qu'aucune force n'intervienne pour empêcher qu'ils s'entre-tuent dès qu'ils en sont capables.

HÉLÈNE : Albert semblait dire qu'il n'y a pas de devoir, de responsabilité quand il n'y a pas de droit. Mais si je ne fais pas vivre mes droits, comment pourraient-ils exister ?

ALBERT : J'ai d'abord voulu jouer le rôle du biologiste pur et dur, et je m'aperçois tout d'un coup que je ne sais pas où sont les limites. On ne respecte pas un ovule ni un embryon à peine formé. Sans avoir pu définir explicitement une limite, je sais qu'une différence de nature s'est introduite peu à peu d'abord, et de plus en plus vite quand le bébé est devenu une personne capable d'être consciente. J'ai là besoin d'un mot que je ne peux guère prononcer en tant que biologiste. Que signifie « sacré » ? Rien n'est sacré pour le biologiste ; tout est dans la nature des choses. Mais l'homme appartient à une société ; il est responsable ; il est libre. Une notion sacrée s'est introduite quelque part. N'est-elle pas centrale ?

PIERRE : D'origine, dans l'animisme primitif, était sacré un objet, mis en réserve comme étant la propriété des esprits bienveillants ou non. Le plus souvent, on ne s'occupe pas des esprits pas méchants. Les méchants, on leur met un poulet de côté, quitte, pour être bien sûr qu'on n'y touchera pas, à lui couper le cou. C'est déjà religieux dans la pensée confuse et philosophiquement absurde de la pluralité de cette source de l'être. Je suis obligé, en y réfléchissant, de penser que cette source de l'être n'a pas de commencement. Elle a de l'Infini ; or, l'Infini ne se limite pas. Si un être est Infini, il ne l'est pas dans le temps avec un commencement et un terme. S'il est Infini, il est en perfection.

HÉLÈNE : On peut appeler cela la force de vie ?

PIERRE : Oui. Une force de vie qui ne dépend d'aucune autre. Nous sommes, nous, humains, portés devant cette merveille de la force de vie qui fait le Soleil, l'humanité, tout. Les sociétés humaines se sont toujours trouvées entre deux attitudes : le « moi » exclusif, l'idolâtrie de moi, ou « tous ensemble », donc la communion à cette force de vie. Une force de vie qui n'est pas indépendante de nos fluctuations et de nos brièvetés d'existence. Pour le biologiste, tout change au moment que personne ne connaît mais qui existe, où commence à s'introduire du psychique. Personne ne saura jamais quand. Dès que cette matière, qui n'était que saisie par la vie biologique, va se trouver ouverte à un début de psychique, le caractère sacré est présent. Il ne s'agit pas de le réserver pour des puissances qui pourraient être maléfiques ; le mot « sacré » prend le sens de ce qui, radicalement, nous dépasse. Je n'emploie quasiment jamais le mot « Dieu », tellement toutes les passions en ont abusé. Il ne s'agit pas d'adorer dans sa solitude, mais d'avoir entrevu un petit coin du voile qui nous est levé sur la vie de cette force qui nous révèle qu'étant Amour, Il prononce le Verbe, don de soi-même. L'expression « force de vie » m'intéresse beaucoup par rapport à ce que je considère comme la révélation essentielle : l'Éternel est vivant. Je repensais à ce que nous faisions. Nous sommes comme des curieux essayant de glisser un coup d'œil sur ce qui est caché. Mais ce que nous voyons et observons ne le dit pas.

ALBERT : Justement, la démarche scientifique consiste à tout diviser. Elle remplace le Soleil par des atomes, les atomes par des quarks, et elle essaie d'analyser chaque division pour tout reconstituer en faisant abstraction de cette notion d'indivisible. En fait, le scientifique n'adore pas. Il peut s'émerveiller, être enthousiaste parce que « cela tombe juste ». Un des grands étonnements des astrophysiciens est que les forces à l'œuvre dans le Cosmos, forces de gravitation, électromagnétisme et forces nucléaires, ont exactement l'intensité nécessaire pour permettre que nous soyons là : à un « poil » près, c'était raté. Il y aurait de quoi se dire : « S'il y a un Créateur, il est tombé pile, et s'il n'y en a pas, quel coup de pot nous avons de tomber juste dans la définition d'un univers qui s'est complexifié au lieu de s'affadir. » Certains disent : « Cela prouve qu'il y a eu de nombreux univers ratés. Nous n'y étions pas et, par chance, celui-là n'en était pas. » Mais nous pouvons ressentir un grand émerveillement devant la possibilité de cette complexification. Ce que vous appelez force de vie, les scientifiques l'appellent vecteur vers la complexité. Ma responsabilité est de ne plus trop penser à l'absolu, et de me dire : « Je suis là, je le sais, et je sais que je peux intervenir sur demain. » Je ne peux guère le faire pour les étoiles, mais je le peux un peu plus pour le devenir humain. Ma responsabilité première se situe là où je suis efficace : comment changer les rapports entre les hommes ? Me voilà responsable, parce que conscient, et capable. Donc, j'ai à construire. A partir de quel moment suis-je devenu responsable ? La question ne m'intéresse pas beaucoup. Un bébé commence à développer son psychisme dans le ventre de sa mère. C'est pourquoi certains pays refusent l'avortement dès que le tube neural s'est refermé, moment où le système nerveux central commence sa formation. Mais pourquoi ce moment-là et pas un autre ? Un jour vient, ensuite, où apparaissent des neurones ; puis l'influx nerveux les parcourt. Ce n'est pas encore du psychisme, mais ça va l'être ; il n'y a pas d'instant frontière.

Pierre : Savoir quand commence un psychisme, est-ce que cela a un sens ? Connaître ce moment supposerait une approche matérielle de ce presque rien, et je n'imagine pas un savant capable de cette finesse de perception-là. Parmi les grands scientifiques, il y a ceux qui adorent, et ceux qui n'adorent pas, mais tous sont émerveillés, disiez-vous. Qu'est-ce qui différencie l'émerveillement de ce qu'évoque le mot « Adoration » ? Il peut exister des savants qui ont de la suffisance. Je ne pense pas que ce soit fréquent chez les grands. Mais je serais très intéressé de savoir à quel moment le savant émerveillé peut échapper à une référence à de l'être ; ce qu'Hélène appelle force de vie. La perception de l'Infini, même dans le mutisme, est le constat qu'il y a du « personnel », en moi, et dans cet Infini. Entre nous, il y a une sorte de dialogue. Il n'est pas seul, et je ne suis pas seul.

ALBERT : Vous n'arrivez pas à comprendre que l'on puisse ne pas passer de l'émerveillement à l'Adoration. Vous dites que le passage est tellement naturel. Adorer n'est pas être philosophe ; on adore une personne.

PIERRE : Nous ne sommes pas dans le domaine de la philosophie, mais dans celui de la mystique, dans le mystère. J'évoque le fait de cette intuition, de cet appel : une voix me parle par ces choses. Vous avez sûrement rencontré de très grands scientifiques qui vivaient dans la mystique.

ALBERT : La science est une ascèse. Elle consiste à essayer d'être rigoureux, cohérent ; à expliquer ce qui se produit grâce à des lois qui sont ce qu'elles sont. Cela n'empêche pas l'émerveillement. Passer à l'Adoration serait une trahison de la discipline scientifique. Il serait trop facile qu'il y ait un Être derrière tout cela ! Je n'ai rien contre, mais je n'ai pas le droit de l'utiliser. En tant que scientifique, je m'interdis de me référer à lui. Je m'arrête donc à l'émerveillement.

PIERRE : Est-ce que ce n'est pas courir le risque de faire du domaine scientifique une idole ?

HÉLÈNE : Vous posez la question du pouvoir. L'Église, elle aussi, est tombée dans l'idolâtrie, qui l'a écartée d'un Absolu que j'appelle force de vie, lorsqu'elle en a représenté un. Aujourd'hui, pour assujettir à une idée, on dit « c'est scientifiquement démontré », comme on disait « Dieu l'a voulu ».

PIERRE : Il est important de le constater : en même temps que le pouvoir de l'Église le condamnait, Galilée, tout en se courbant parce qu'il voulait sauver sa peau, se retire en disant : « Et pourtant, elle tourne. » En même temps que ce pouvoir canalisait, brimait, contraignait, il y a toujours eu des mystiques. Je ne me suis jamais trouvé en conflit avec l'Église. Bien souvent, des amis communistes m'ont demandé : « Est-ce que tu te rends compte que tu es la vitrine ; tu ne regardes pas ce qu'il se passe dans les bureaux ? » Eux ne canonisaient pas ; je n'aurais donc pas été compétent pour leur dire, dans d'autres vitrines, qui était présenté ! Pas ceux qui militent par tous les temps ; le très modeste n'est jamais mis en vedette. De leur côté, la vitrine n'était pas le plus beau. Au temps de l'Inquisition, la vitrine de l'Église, c'étaient les bûchers. Nous en arrivons au pouvoir. Cela s'enchaîne avec la responsabilité. Soyons équitables : dès qu'il y a société, il ne peut pas ne pas y avoir pouvoir. Il y en a eu mille formes, bien que nous puissions ramener les variétés de pouvoir à un très petit nombre. Il faut tenir compte de la tendance à la paresse des simples citoyens, qui préfèrent ne pas rajouter les problèmes politiques à leurs soucis, sauf aux moments de crise où l'on finit par se réveiller. Mais, là aussi, c'est un pouvoir vis-à-vis d'un autre ; c'est celui des syndicats face au patronat. Pour qu'il dure longtemps, il faut une confiance, une délégation de pouvoir basée sur une solidarité. Ne nous illusionnons pas, à mesure qu'ils parviennent à des postes élevés, ceux qui ont été désignés comme dépositaires de ma pensée, de mon besoin de solidarité, deviennent ignorants du militant de base qui les avait mandatés. Même s'il est d'origine populaire, celui qui arrive en haut du pouvoir est très vite aveuglé par la hauteur et la difficulté de sa fonction. Les décisions à prendre ; les informations à tenir à jour ; tout cela demande beaucoup. Une carrière politique est quelque chose d'ingrat pour celui qui n'est pas là pour s'enrichir ni pour la vanité de la gloriole. Quels sont les contre-pouvoirs pour garder l'équilibre, pour ouvrir les yeux à ce chef de parti ou de syndicat qui, inévitablement, doit consacrer du temps à sa réélection ? Qu'il soit le plus intelligent, le meilleur du monde, l'homme au pouvoir pensera toujours qu'il est plus urgent de rénover le rideau de l'Opéra que de mettre de l'eau et des cabinets dans les taudis. Sa fonction lui fait un devoir d'aller à l'Opéra ; jamais elle ne lui fait un devoir d'aller dans les taudis. Il ne voit pas, il ne sait pas qu'il n'y a ni eau ni cabinets. Le pouvoir demanderait une totale diversité d'aptitudes. Pour l'équilibre des pouvoirs, je crois beaucoup à la nécessité des contre-pouvoirs que l'on appelle sur le plan international les Organisations non gouvernementales, capables de montrer ce qui ne va pas. La responsabilité de chacun implique deux actes : vouloir savoir et oser dire. Le premier est à renouveler perpétuellement, le second suppose de prendre les moyens de dire. Je pense que le rôle le plus difficile du pouvoir est de discerner des priorités et d'agir pour elles. Or, dans une démocratie, la priorité des priorités n'est pas le plus grand nombre ; ce sont les minorités, ceux qui ont peu de poids électoral. Ceux qui vivent sans eau ni cabinets ne représentent pas 51 % des Français. A la sortie de la guerre, ils étaient 29 % ; aujourd'hui, ils sont 9 %, ce qui prouve que les militants ont lutté, et que ceux qui se sont crevés pour les sans-logis durant trente ou quarante ans n'ont pas perdu leur temps !

Tout être a un pouvoir ; tout être doit faire la révolution s'il en est privé. Et s'il fait la révolution, que ce ne soit pas pour se voir chiper par un être abusif ce qu'il aura enlevé à un autre être abusif !

ALBERT : Vous avez surtout évoqué les pouvoirs de l'action. Un des pouvoirs les plus importants n'est-il pas de changer ce qu'il y a dans la tête des gens ? Un professeur devant un auditoire de deux cents garçons et filles de vingt ans a un pouvoir terrible ; des idées vont rester en eux ; ils seront marqués. Lorsque je parle devant un auditoire, je fais tout ce que je peux pour bien le faire, mais quel pouvoir est le mien, ce jour-là, pour que, dans toutes ces vies, des choses se passent, qui ne se seraient pas passées ! Ce peut être le cas de tout homme s'adressant à un autre, mais il existe des fonctions privilégiées dans lesquelles ce pouvoir s'exerce particulièrement. C'est le cas de l'instituteur, c'est aussi celui du journaliste, et encore plus du responsable d'une télévision quelconque qui proposera au programme des émissions sur la numérologie, l'astrologie ou des jeux d'argent et de hasard ! Nous ne tenons pas assez compte de ce pouvoir considérable d'orienter progressivement les opinions, à long terme bien plus important que celui de décider du budget de la France. Présenter des après-midi entiers des courses de « formule 1 », ou le Tour de France n'est pas pervers en soi. Mais la manière dont on le fait tend à persuader de l'importance d'un événement en fait dérisoire, la victoire d'une équipe. C'est un pouvoir terrible que celui de rendre folle une ville d'un million d'habitants pour une équipe de football ! Si c'était simplement un amusement, je n'aurais rien contre. C'est devenu une obsession. Pour moi, le vrai pouvoir est celui-là. Il faudrait en donner conscience pour que chacun le mesure et fasse en sorte de ne pas l'utiliser mal. Si la France est une république, ce n'est pas grâce aux députés, mais grâce aux instituteurs !

PIERRE : Dès que l'on prononce le mot « pouvoir », on pense aux gouvernants. Vous évoquez là des non-gouvernants ayant une immense responsabilité que, d'ailleurs, les gouvernants peuvent favoriser ou laisser sans moyens. Nous n'avons, mis à part un très petit nombre de domaines, ni recette infaillible ni certitude absolue. Pour que soit soutenu ce qui est sujet à pluralité d'opinions – surtout dans les domaines que je qualifierais de sacrés, ceux qui touchent le plus fragile de l'être humain, qui poussent à servir, à respecter, à faire s'accomplir –, il faut veiller au soutien que le pouvoir est capable d'apporter ou de refuser à tous les informateurs. Il peut y avoir une tyrannie dans le domaine de l'information. J'ai été très intéressé, et à un moment choqué, de constater l'installation d'un ministère de l'Information. Je suis sûr qu'Alain Carignon peut faire du bon travail, mais cela me rappelle de si mauvais souvenirs ! Un ministère de l'Information peut représenter un péril terrible : ce peut être le moyen que se donne le pouvoir pour manipuler cinquante millions de personnes par une fausse nouvelle, comme on l'a fait avec la dépêche d'Ems ! Soyons très attentifs. A ce niveau où nous avons fait se rejoindre ceux qui ont le micro et ceux qui ont l'autorité, veillons à ce que l'on respecte le pluralisme par de justes équilibres – tout en enseignant, en répétant sans cesse et en en donnant l'exemple –, le non-sectarisme, la tolérance, le respect de chacun. Je dois toujours être en mesure de reconnaître que ce que je pense est très imparfait et a besoin d'être complété, jusqu'au niveau le plus sacré qui, pour le croyant, est la foi. Dans sa manière de s'exprimer, la foi a pu dire des bourdes énormes, au long des siècles. Tout dernièrement, j'ai lu un document rédigé par un évêque allemand sur le développement de l'humanité. Il cite une parole qu'aurait prononcée le cardinal Ratzinger selon laquelle nous devons reconnaître que « jusqu'ici, le magistère n'a rien apporté d'utile sur le problème de la surpopulation mondiale ». J'ai pensé en lisant cela : quelles âneries auraient pu être formulées par ceux qui se souviennent de « multipliez-vous », mais oublient « aménagez la Terre » ! Je me réjouis beaucoup qu'un croyant puisse dire, par exemple : « Il y a des points qui constituent ma foi, des propos pour la dire, et des applications pour l'agir, et il y en a eu aussi de faux, lorsque l'on croyait que, pour être un spirituel, il fallait aller se confesser tous les huit jours. » La tolérance doit commencer par ses propres convictions et ses manières de vivre dans sa communauté.

ALBERT : Vous dites : « Quand on gouverne, il faut donner la priorité aux minorités. » N'est-ce pas le contraire de la démocratie ?

HÉLÈNE : C'est le contraire de la démocratie de la majorité, mais la démocratie de la majorité est-elle une démocratie pour le bien de tous ?

PIERRE : La dernière nuit, au quai de la Gare, j'ai tapé sur la table en disant : « En Afrique, je crois, lorsque l'on n'est pas d'accord sur des choses graves dans le village, après la palabre, on s'en remet à l'avis du plus vieux. Et le plus vieux ici, ce soir, c'est moi ! » Tout a été fini. Un chef coutumier m'a dit : « Mon père, ne soyez pas étonné si nous autres, Africains, nous sommes longs à entrer dans le mécanisme de la démocratie. Chez nous, il n'est pas du tout prouvé que c'est le plus grand nombre qui a raison. » Il posait la question du système qui est à inventer. Comment corriger ce que nous avons considéré comme la perle des perles ? J'avais été reçu par le Premier ministre canadien pour régler un problème. Quand il m'a raccompagné, il m'a dit soudain : « Je vous en supplie, mon père, ne cessez pas ce que vous faites. Il n'est pas rare que l'homme d'État de bonne volonté voie que le bien public exigerait une mesure. Sachant qu'elle serait impopulaire et que l'opinion n'y est pas préparée, il sait aussi que, s'il la prenait, il contribuerait à donner le pouvoir à son adversaire qui, lui, fera le contraire. Votre fonction est indispensable à une saine démocratie. » Parler pour éclairer l'opinion publique est encore plus nécessaire dans un pays où le plus grand nombre n'est pas affamé et a un logement. C'est la responsabilité du prophétisme. Ce peut être des associations, ce peut être un parti, encore faut-il qu'il ne soit pas prisonnier d'un système ou de lui-même. Tout organisme est nécessaire à une démocratie. On peut dire pour résumer qu'il y a deux catégories de peuples : ceux dans lesquels le plus grand nombre ne manque pas du nécessaire, où la minorité de ceux qui crèvent, privés du nécessaire, sont délaissés parce que le plus grand nombre pense qu'il est plus important d'embellir un jardin public ; et d'autres pays où la misère concerne le plus grand nombre. Dans ces pays, il n'y aura pas de démocratie non plus, parce que le petit nombre qui détient les privilèges détient aussi l'armée pour le maintien de ce que l'on nomme l'ordre ! Ou bien nous trouvons moyen de corriger cette situation dans les pays où le plus grand nombre ne vit pas dans la misère, en la rééquilibrant avec ce que j'appelle le prophétisme, ou bien il n'y a de démocratie nulle part. C'est très ingrat, je le sais par expérience. Il n'est pas facile de rassembler, surtout dans un parti, ceux qui sont véritablement préoccupés avant tout par les plus faibles. En réalité, ce devra être l'affaire de cellules beaucoup plus corrosives qu'un parti.

HÉLÈNE : Si ceux qui souffrent n'ont pas la parole, personne ne peut la prendre totalement à leur place. Or, cette parole est indispensable à la justice ?

PIERRE : N'attendons pas d'avoir atteint un nombre efficace de militants engagés dans cette action pour espérer. Il faut un premier à se mouiller, même s'il va parfois jusqu'au martyre. C'était toute la vie de l'évêque Roméro, qu'haïssait le coup de fusil qui l'a tué tandis qu'il disait sa messe. Cette vie était un témoignage aussi important que les milliers de militants qui se sont rassemblés après.

HÉLÈNE : La mort d'un homme peut disperser un mouvement, en même temps que faire connaître une cause. Jaurès a été assassiné, et la guerre de 1914 a eu lieu, la fleur au fusil. La mort de Luther King, celle de Malcolm X n'ont pas effacé les discriminations aux États-Unis, ni leurs causes. Le mouvement noir reste à réinventer à Harlem. Même si sa mort prend valeur de symbole, Gandhi a-t-il pu aller au bout de sa tâche, et que reste-t-il, en Inde, de la force non violente ?

PIERRE : Ils ne font pas des « partis » ; ils font un acte. Gandhi a contribué au départ de l'Angleterre sans guerre civile. On s'est massacré entre hindous et musulmans par la suite, mais il avait réussi une première action nécessaire.

ALBERT : Avoir un pouvoir, c'est être capable de changer les choses. On a pouvoir sur la matière quand on est capable de la modifier ; on l'a sur une foule, sur une société quand on peut la transformer. Dans l'immédiat, on peut le faire par des décisions. Le pouvoir d'augmenter les salaires en est un. On transforme les choses sur le moment. A long terme, il me semble que le seul pouvoir profond est celui de changer les mentalités, ce que les Lumières ont fait au moins autant que Marat. La vraie démocratie consiste à permettre à ceux qui ont des choses à dire de les dire, et d'être critiqués au passage pour éviter que ne s'installent des idées toutes faites. Transformer les mentalités, c'est transformer les objectifs des gens, c'est leur permettre de donner un contenu à ce qu'ils vont revendiquer. La phase décisive n'est peut-être pas tant de fonder la Sécurité sociale mais de faire en sorte que les gens aient la volonté d'exiger qu'elle le soit. Créer l'appétit de vivre est aussi important que de l'assouvir. Pour moi, le pouvoir est en amont, et c'est pourquoi la télévision, qui transforme les mentalités sans le dire, représente un danger forcément totalitaire.

HÉLÈNE : Parlant de pouvoir individuel et collectif, l'absolu est-il une notion conduisant au pouvoir, ou relativisant le pouvoir ?

ALBERT : Je ne vois pas de lien entre l'Absolu et le pouvoir. Le pouvoir est relatif, provisoire ; ses conséquences à long terme ne sont pas mesurables.

PIERRE : Nous parlons du pouvoir, et nous constatons qu'il faudrait parler des pouvoirs. Les pouvoirs politiques seront de voter, de choisir ceux qui peuvent contribuer à faire changer les mentalités. Je crois beaucoup à la nécessité que s'unisse une diversité de personnes. Mais je crois autant à la responsabilité imprévisible d'une personne qui peut se manifester soudain, et qui en une circonstance aura une audience plus grande que mille personnes. C'est pourquoi nous devons veiller contre l'intolérance. On peut changer les esprits dans un sens nazi comme dans un sens évangélique, à supposer qu'il y ait jamais eu un évangélisme politique capable de pénétrer cette réalité humaine que l'on nomme politique. Nous retrouvons là l'Absolu. Il faut être attentif et savoir à qui on s'adresse ; veiller à lui apporter ; lui expliquer ce qu'à ce moment de son devenir il est en état de recevoir. Il ne s'agit pas de se faire plaisir à soi en disant tout, y compris ce qui n'a plus de sens pour lui, ce à quoi il n'est pas préparé. La notion d'ingérence humanitaire risquait d'évoquer un retour à un colonialisme pour les uns. Pour d'autres, c'était une action pour que des Pol Pot ne puissent pas réapparaître. On a laissé se produire de telles choses avec une parfaite indifférence ; actuellement, on laisse des étudiants du Zaïre contraints de fuir leur pays pour des questions d'opinion ; est-ce que l'on vivra ces situations indéfiniment ? Il faudra bien admettre que la seule souveraineté absolue est celle des hommes, de l'humanité, et pas celle des nations ! Le temps de Louis XIV et de l'absolutisme d'un État est terminé, et il suffit du caprice d'un roi du pétrole pour déclencher le chômage à travers le monde entier. Où est l'indépendance ? C'est ainsi que je conçois le devoir d'ingérence. Je pense à l'histoire de la bombe atomique et à Truman. Quand les services secrets lui ont apporté la preuve qu'Hitler pouvait avoir la bombe atomique en quelques mois, il a demandé qu'on accélère les recherches en cours. Est-ce que l'on pouvait continuer avec un ou deux millions de victimes par an, ou fallait-il utiliser ce nouveau moyen qui tuerait cent mille victimes innocentes pour peut-être en économiser deux millions ? On imagine très bien l'homme au pouvoir devant ce choix. Y a-t-il un autre moyen que la force ? Notre débat ne peut pas aboutir sans tous ces éléments.

HÉLÈNE : Qui exerce le pouvoir de cette ingérence dite humanitaire ? Ces hommes au pouvoir conseillés par des techniciens formés dans des écoles ne situent pas leur action dans une responsabilité au sens où nous l'évoquons. Quel est le pouvoir de ces grains de sable qui constituent la population de la planète sur celui qui décide d'utiliser tel moyen pour que telle partie du monde reste à la place qu'il lui assigne ? N'est-ce pas jouer aux dés avec l'avenir que d'éloigner le pouvoir des hommes, de désespérer les peuples en les persuadant, à coups de jeux d'argent, qu'ils ne comptent plus ?

PIERRE : Est-ce qu'on les éloigne ou est-ce qu'on les maintient éloignés du pouvoir ? Ce n'est pas une innovation. Nous en sommes plus conscients parce qu'aujourd'hui nous percevons mieux les problèmes à grande échelle. Est-ce pire que dans les temps précédents ? Je n'en suis pas sûr. C'est avant tout un problème d'éducation, donc de communication. Celle-ci est en partie soumise au pouvoir qui garde la main sur une grande partie des moyens d'information. En même temps que les efforts se feront pour que nous échappions à la mainmise du pouvoir sur les forces d'information et de formation des mentalités, je ne vois pas comment nous pourrons faire l'économie, dans l'histoire proche, d'individus ou de très petits groupes qui soient témoins et se donnent pour convaincre l'opinion publique. Il y en a eu à toutes les époques. Moins qu'aucune autre, la nôtre ne pourra se passer de ceux qui contribuent à une opinion plus libre, plus crédible que celle que déversent les grands moyens télévisés. Comment construire un pouvoir dans lequel ces excès et ces abus ne soient plus manipulés par un petit nombre ? Je n'ai pas de réponse. Il faut chercher ; inventer ; écouter les réflexions des gens libres qui existent.

ALBERT : Je vois le seul espoir dans un effort d'éducation généralisé sur l'ensemble de la planète. Je ne parle pas d'une éducation obligatoirement conforme à l'occidentale, uniformisée, mais d'une éducation à la réflexion, respectueuse de la culture de chacun, véritablement accessible à tous. Or, dans la plupart des pays, la majorité des gens en sont exclus. Ils ont une vague culture à peine apprise, à base de rites, de croyances, dans laquelle ils nagent. Que ce soit en Chine, en Inde, en France ou ailleurs, une éducation généralisée est le seul espoir de découvrir ce fameux « un », ce tronc, ce noyau commun que tous les hommes pourraient partager. Si nous voulons aller vers cette unité terrienne que nous évoquions, il faut qu'elle soit concrétisée par quelques idées. De quoi s'agit-il ? Ce n'est pas forcément la foi en Jésus-Christ ou en Mahomet, c'est la foi en quelque chose ; un respect commun qui pourrait être celui de chaque homme, et se concrétiser grâce à un effort d'éducation. Dans l'immédiat, cela suppose la multiplication par cent ou par mille des crédits d'organismes comme l'UNESCO, chargés de diffuser l'éducation sous toutes ses formes. En prenant sur les budgets d'armement, c'est un projet rapidement réalisable. On peut penser qu'il va dans le bon sens, l'objectif étant ce cheminement vers le « un ».

PIERRE : Pensez-vous qu'il existe dans le monde des groupes sérieux qui se sont consacrés à cet effort, j'étais tenté de dire à cette communauté ? Avez-vous essayé d'ébaucher un canevas de ce que pourrait être le fondement de cette éducation d'humanisme ?

ALBERT : L'apport scientifique peut mettre tout le monde d'accord sur un point : un être humain devient lui-même d'abord biologiquement, ensuite par l'apport de l'extérieur, enfin parce que l'on accepte de le considérer avec émerveillement et de le respecter partout de la même façon. Ce pourrait être un point de départ. La théorie économique à base de domination sur laquelle nous vivons en Occident est tout à fait à l'opposé.

PIERRE : Ce serait devenir conscient que l'on se

découvre être force de vie, goutte d'eau dans un fleuve. Tout en sachant que je ne peux pas exprimer cette vérité en imposant la notion de finalité que me donne ma foi, je ne peux pas ne pas l'évoquer. Tant que l'on n'aura pas admis que l'être humain existe pour un but, je ne vois pas comment on évitera que quelque mégalomane dévoré d'ambition cède à la tentation d'utiliser un million de ces quelques kilos de matière qu'est chaque être humain à faire des travaux ou comme matière première. Dès qu'il y a personne humaine, il y a de l'inédit partiellement doté de liberté, donc de finalité. La liberté ne peut pas être sans but; elle évoque une besogne à accomplir librement. Il est très clair pour moi que la tâche de chacun de ces quelques kilos de matière a pour mission d'apprendre à Aimer pour la rencontre de l'Éternel que je crois être Amour. Dans le *Gloria*, il est une parole qui m'émeut toujours : « Nous Te disons merci »... De quoi, de quelque bienfait ? « Pour Ton immense Gloire. » C'est comme un bébé qui, dans un moment de ferveur, saute au cou de sa maman : « Merci, maman, d'être toi ! » Qu'est-ce que cette Gloire ? Pour moi, après réflexion, c'est l'Amour du Père reconnu par l'Amour du Verbe ; c'est la définition même de la Trinité. Toute ma vie, la question des droits m'a travaillé. Déclarer des Droits de l'homme n'est pas énorme ; cela consiste à reconnaître des besoins. Où trouver le principe coercitif qui transformera la constatation intelligente de besoins en obligation universelle, absolue, de les satisfaire ? Je ne vois pas comment sera reconnue l'obligation d'apporter à chacun des petits hommes qui apparaît ce que nous appelons ses droits, si nous ne reconnaissons pas qu'il a un devoir, celui de demander à papa-maman et à la société qui l'a fait d'avoir les moyens d'accomplir son devoir. Le devoir devient le fondement du droit. Si l'on ne reconnaît pas que cet être minuscule a un but à atteindre, qu'il faut lui en donner les moyens, comment parler de droits ? Si j'observe l'homme, je constate qu'il est épanouissable ; même si je ne trouve pas métaphysiquement ou théologiquement comment définir sa destinée, je sais que ce n'est pas un caillou. Il a en lui ce que j'appelle l'image de Dieu tracée en creux dans la cire ; il a des exigences, qui sont des buts à atteindre, et qui motivent son éducation. Si l'instituteur dit au petit : « Tu ne seras peut-être pas le premier à Polytechnique, mais le fait que tu existes, que tu sois doté d'intelligence et de liberté relatives, prouve que tu as à atteindre ton but, c'est-à-dire l'épanouissement le plus grand possible de toi-même », il remplit sa tâche. Ce n'est pas seulement vrai des individualités, ça l'est des cultures, ça l'est des peuples qui ont fondé des cultures au cours des siècles, même s'ils se sont souvent égarés.

ALBERT : La nécessaire rigueur de leur démarche interdit aux scientifiques de raisonner en invoquant la finalité : nous ne disons pas telle ou telle chose a eu lieu « pour que », mais « parce que ». Jusqu'au jour où arrive ce « je ». Dans l'absolu du cheminement qui se veut purement scientifique, des objets faits de protons et de neutrons ne peuvent être expliqués dans leur cheminement d'aujourd'hui que par l'idée qu'ils se font de demain : ils ont un projet. L'homme est ce morceau d'univers fait des mêmes éléments que le reste, combinés de telle sorte qu'il a été capable d'introduire la finalité dans l'univers. Cela s'est produit ici, et j'en fais partie. La gloire que vous évoquiez n'est pas celle de l'univers : il ne pouvait rien « faire exprès ». L'arrivée de l'homme était possible, puisqu'il est là. Elle n'était pas programmée. Je me pose plutôt la question : que fait-il de ce potentiel, de cette capacité à transformer le présent ? Ce potentiel l'oblige à un but. Alors que le reste de l'univers s'en passe, je ne peux pas m'en passer ; qu'il soit à court ou à long terme, égoïste ou pas, je suis obligé de choisir un but. Finalement, la liberté est une nécessité plus qu'un cadeau, d'où les droits et des devoirs naissant à partir du moment où je m'aperçois que j'ai une liberté, qu'elle est fonction des autres, que je la construis avec eux et qu'elle n'a de sens que si je la construis avec les autres. La placer à l'intérieur de l'individu ne revient-il pas à mal situer la personne ? On ne trouvera pas dans l'individu ce que les chrétiens appellent l'âme et que j'appelle l'esprit, la liberté. Je localise la personne que je suis dans les rapports que j'ai, plus qu'à l'intérieur de moi ; c'est un changement très profond que de n'être plus simplement les rapports que l'on a en soi.

PIERRE : Parmi les autres, et tous les autres devoirs y convergent, nous avons la tâche de préparer quel sera demain. Nous retrouvons là la notion du « un ». Ce qui crie au-dedans de nous est le demain qui sera le « un » par l'Amour, et non plus un demain où l'orgueil d'un Napoléon ou la folie d'un Hitler rêveront de commander un pas cadencé pour le « un » de la mort. Cela coïncide avec le demain que vous évoquiez : ce demain ne va pas vers rien. Idéalement, dans le fond du cœur de chacun, il va vers la paix de l'Amour, qui fait exister la justice. Le paradis terrestre serait, si ce demain était atteint. J'aurais alors tendance à dire : le temps ne m'intéresse plus ; je suis arrivé à mon but. Demain, c'est réussir le Tout par la réussite des près de six milliards de moucherons que sont les êtres matériels dotés de liberté. Il n'y a que les hommes pour tuer un million d'entre eux pour la victoire d'un chef : des hommes qui ne se connaissent pas s'entre-tuent sur l'ordre de chefs qui se connaissent et ne s'entre-tuent pas, chefs qui signeront la paix en se serrant la main, une coupe de champagne dans l'autre main.

HÉLÈNE : Mais, nous le savons, nous sommes devant un choix : grâce à une ou deux générations actuelles dans cette chaîne, cette farandole, disiez-vous, il y aura un avenir, ou il n'y en aura pas. Comment accepter tout ce qui opprime cette tension de vie, dont les conséquences se précisent ?

PIERRE : On ne doit pas l'accepter. C'est un devoir de caractère sacré, religieux ou non. Si nous considérons l'Histoire, les jacqueries non préparées font échouer ce devoir de refus. C'est aussi un devoir que de ne pas envoyer les gens se faire tuer ; la plus grave difficulté dans les maquis était de calmer les jeunes. Ce devoir de refus doit être méthodiquement pensé. Inévitablement, la révolte est par moments un incendie ; elle éclate. Mais nous devons nous appliquer à la raisonner, cherchant son efficacité. Ne pas envoyer les meilleurs se faire tuer inutilement demande une patience intelligente ; ce n'est pas un consentement, mais une préparation. Quand on entend le mot « insurrection », on a l'habitude d'images sanglantes. Ce n'est pas nécessairement vrai. Dans certaines situations, des actions de résistance passive de toute une population peuvent exprimer une insurrection. Par ailleurs, en même temps que ces mouvements massifs que nous évoquons, le cours de l'Histoire a pu être modifié, accéléré par des personnes qui n'ont immédiatement aucun effet de masse, qui n'ont cherché à mobiliser aucun parti et n'ont pas essayé de gagner les élections, mais qui ont agi au quotidien et sont parfois devenues des exemples. Celui de Gandhi est une réussite pour avoir fait partir la puissance britannique sans coup de canon, et c'est un prodigieux échec, pour n'avoir pas été capable d'empêcher le massacre entre hindous et musulmans. Des saint François ou des Gandhi, distincts de l'insurrection, lui apportent aussi de la force. Gandhi n'hésitait pas à le dire : la non-violence vaut mieux que la violence ; mais la violence vaut mieux que la lâcheté.

ALBERT : Je pense à une expérience de physique très simple, et dont les conséquences sont considérables : mettez de l'huile entre deux plaques métalliques. Une molécule d'huile ici, une autre là n'ont aucun lien : si vous savez une chose de l'une, vous ne savez rien de l'autre. Voilà un ensemble sans structure. Augmentez lentement la température de la plaque du bas. Au début, la chaleur passe à travers la couche d'huile, cela ne change rien. Quand vous dépassez une certaine différence de température entre le bas et le haut, tout d'un coup, la conduction ne suffit plus à compenser cette différence et les molécules d'huile se mettent à bouger. Ici elles montent, ce qui les contraint à descendre là, en entraînant leurs voisines. L'ensemble se structure en cellules appelées les cellules de Benard, qui tournent alternativement dans un sens et dans l'autre. Cet ensemble est passé d'un état non structuré à un état rigoureusement structuré. L'exemple est beau ; il montre qu'un petit changement de température peut entraîner une transformation complète de l'« univers » en question. Nous pouvons parfois tout transformer avec un petit effort supplémentaire. Avec Gandhi, nous voyons que, si les conditions s'y prêtent, s'il arrive au moment où l'équilibre est instable, un homme peut faire basculer une situation d'un côté ou de l'autre.

PIERRE : On dit que l'on ne mélange pas l'eau et le feu ; si l'on s'en sert bien, cela fait une machine à vapeur ! S'il n'y avait pas, en une poussière parmi les milliards d'astres, un petit point culminant avec du « libre », le cosmos serait une absurdité. Au lieu de vouloir à tout prix éteindre le feu avec l'eau, si l'humanité faisait se réunir ses forces, elle ferait bien plus qu'une machine à vapeur.

Mourir ?

HÉLÈNE : Une certitude rassemble tous les hommes : chacun d'entre eux est mortel. Se savoir mortel implique une exigence concernant notre vie, la voyant si brève. N'est-ce pas là un absolu ?

PIERRE : Ce qui est imprudent, c'est de naître ! Pour moi, il est tout naturel que le corps se dissolve et se décompose, puisqu'il est composé. Si, comme l'apparence le montre, la mort était la disparition, la séparation ne serait pas une entrée dans le « un », mais une similitude ; un état semblable par lequel passent tous les hommes. Lorsque nous disons « je », ce sont nos quelques kilos, plus notre « moi ». Le premier pas est de prendre conscience qu'une pincée de matière parvient, prodigieusement organisée après les mystères de l'évolution, à un moment où surgit d'elle et l'anime ce qui n'a rien à voir avec tout le reste de ce que nous connaissons du cosmos, et dont l'histoire commence à partir du moment où ce « je » se connaît. D'instinct, le bébé se connaît déjà parfaitement. Il râle, il réclame. Nous devons partir de cela. Étant enfant, j'ai vu des conciliabules entre mes parents, la porte fermée de la chambre de mon grand-père. Au bout d'un moment, on s'est décidé à me faire entrer en me disant que grand-papa était parti chez le Bon Dieu. Moi, petit bonhomme, je suis entré dans la chambre et j'ai vu son corps sur le lit. On m'a dit : « Va l'embrasser sur le front ! » En ressortant, j'ai dit : « Vous en racontez, des blagues ; il est toujours là ! » On a recommencé à m'expliquer : « Oui, mais tu as vu son corps, qui tombera en poussière ; lui, il est chez le Bon Dieu ! » J'ai demandé : « Mais, alors, pourquoi pleurez-vous, pourquoi êtes-vous si tristes ? Si c'est ça, il est mieux qu'avec nous ! » Je pensais : « Pour nous, il y a une séparation, pas pour lui. Pour lui, c'est une rencontre fantastique de quatre-vingt-dix ou cent milliards de personnes et de combien d'anges, et de l'Éternel lui-même ; c'est une rencontre folle avec tous ceux qu'il a connus, qu'il a vus mourir, ceux qu'il n'a pas connus et qui, eux, le connaissaient. » Bref. C'était le raisonnement d'enfant avec lequel je vis depuis, avec l'envie de mourir et la tristesse de voir que c'est tout le temps raté. Un souvenir m'est récemment revenu. Je me revois un 8 décembre vers neuf ans. A Lyon, ce jour-là, l'Immaculée-Conception, celle de Marie par son père et sa mère, est une grande fête avec des chandelles aux croisées, des lampions. Oui. Le mystère commence au moment où une fille est préservée d'on ne sait pas trop quel mal, dit « péché originel », toutes les tares que l'hérédité a pu accumuler dans la nature humaine. Ce 8 décembre, je m'étais mis dans ma petite tête depuis que je pensais mourir que ça y était ; j'avais demandé à la Sainte Vierge de venir me prendre ce jour-là. Je m'étais couché. Aucune cheminée ne m'est tombée dessus ; aucune voiture ne m'a renversé. J'en ai pleuré. Depuis, vivre a continué ; je suis toujours là. Après, j'ai réfléchi, et j'en suis arrivé à la pensée très ferme que nous sommes corps et esprit étroitement liés. Que le corps se décompose, pas de problème, c'est dans la nature des choses, comme tout le reste de la matière. Par contre, « je », « toi », n'est pas décomposable, parce que ce n'est pas composé : c'est simple. Dans la nature, nous ne trouvons guère de réalité simple, or la nôtre est incommunicable. De « toi » à « moi », nous ne pourrons jamais complètement nous connaître dans la plénitude de notre être. Je n'ai aucune difficulté à penser que cela n'a pas de fin. Ce « tu », ce « je », la pensée, l'Amour, est totalement autre que tout ce que nous voyons dans le cosmos. Le travail intellectuel qui s'accumule dans le cosmos depuis les papyrus n'a rien à voir avec ce qui est décomposable. Quand j'ai fait naufrage dans le Río de la Plata, le bateau a brûlé, il y a eu quatre-vingts morts. Lazareff appelle Philippe Labro, journaliste débutant, et lui dit : « Tu plaques tout, tu sautes dans le premier avion pour Buenos Aires et tu reviens avec deux belles pages de photos et les impressions de l'abbé Pierre, noyé survivant, et bla bla bla… » Des amis qui faisaient récemment un film sur moi sont allés voir Philippe Labro, aujourd'hui directeur de RTL. Je l'ai vu répondre, très mondain, un peu négligent, assis sur le rebord de son bureau. Il racontait la scène à ceux qui le questionnaient : « J'arrive à la clinique où il était resté deux jours, je suis très déçu. J'essaie de le faire parler, mais ça ne l'intéresse plus du tout. Le naufrage, c'est le passé. Il ne me parle que de ce qu'il a à faire au Chili, en Colombie, etc. Finalement, je me fâche ; avec ce type-là, je vais revenir les mains vides. Je lui demande : "Vous avez frôlé la mort ; qu'est-ce que l'on pense, dans ces moments-là ?" » Tout d'un coup, Philippe Labro devient très grave pour raconter ma réponse : « C'est une rencontre longtemps retardée avec un ami. » Je ne sais pas quelle grimace je ferai quand viendra le moment « pour de vrai ». Mais je vis dans cette impatience. J'ai eu ce privilège extraordinaire de ne pas voir mourir beaucoup de gens. J'ai reçu le dernier soupir de mon père, de ma mère, et de Mlle Coutaz, la secrétaire qui m'a accompagné quarante ans. Morte, Mlle Coutaz avait une sérénité incroyable. Elle avait passé la dernière semaine sans connaissance. Cinq minutes avant sa mort, son visage était atroce ; ravagé de souffrance. Je devais aller faire une réunion. Avec deux amis, nous nous relayions auprès d'elle. Ma main a senti sa dernière pulsation. J'ai demandé : « Dois-je aller à cette réunion ? – Laissez-nous faire ; si elle était là, elle vous dirait d'y aller. » Je suis parti. Je suis vite rentré. Elle était morte. En arrivant, j'ai fait une photo. Elle est extraordinaire de paix lumineuse. Mon père avait souffert toute sa vie. Il avait eu une opération très compliquée ; il savait qu'il allait mourir ; il avait demandé à l'un de mes oncles prêtre : « Est-ce que j'ai fini ma tâche, est-ce que, maintenant, je peux demander à Dieu de mourir ? » J'étais resté assis toute la matinée au pied de son lit. Il ne pouvait pas me voir. J'ai vu soudain sur son visage une expression d'angoisse affreuse. On attribue une phrase simple d'exorcisme à saint Antoine de Padoue : « Voilà la croix du Seigneur, fuyez, ennemis ! » Vraiment, j'ai eu l'impression que, pendant deux ou trois heures, j'ai lutté avec un esprit qui le tourmentait. A peine ces paroles dites en faisant le signe de croix, son visage retrouvait la paix. Une demi-heure après, de nouveau, l'angoisse. Le père Veuillot est resté très peu de temps cardinal de Paris. Il est mort d'un cancer. Dans les derniers temps, il avait demandé à son secrétaire : « Nous avons tous été amenés à parler de la souffrance. Je vous en supplie, dites aux prêtres de ne jamais en parler ; ils ne savent pas ce que c'est ! » Voilà, pour moi, ce qu'est la mort. Mon envie de mourir n'est pas du tout morbide ; c'est une soif de soleil et d'eau claire ; c'est la rencontre ; les grandes vacances. Je dis aussi : « Le Bon Dieu cueille ses fleurs quand il veut. »

Albert : Je ne pense pas que le fait d'être mortels crée une unité entre les hommes. Dans ce cas, il unirait tous les animaux. Tout ce qui vit est mortel, dit-on. Ce n'est pas tout à fait vrai. Le biologiste présente la mort comme un progrès. Pour les tout premiers êtres vivants, la mort n'existait pas. Les bactéries qui se dédoublent ne peuvent mourir que si l'on détruit tous leurs descendants ; chacune est une multitude. N'ayant pas d'individualité, elles ne sont pas mortelles. Le concept de mort apparaît avec la procréation. On se met à deux pour en faire un troisième. Il est nouveau, unique, il lui faut de la place. Apparemment, les animaux ne savent pas qu'ils sont individuellement mortels. Le réflexe de protéger la vie est bien souvent non pas individuel mais collcctif. Des animaux se « suicident » pour sauver le groupe. L'animal guetteur qui pousse un cri sera avalé par le prédateur, mais il aura permis aux autres de se préserver. Pour l'individu humain, la mort n'a pas la même signification. C'est la dislocation d'éléments provisoirement rassemblés, certes. Mais, nous savons, nous prévoyons ce qui nous arrive. La mort, qui était un progrès, est devenue une angoisse. Quand elle arrivera, que se passera-t-il ? Je ne sais pas. J'ai peur. Il n'y a que pour l'homme que la mort est devenue une angoissc. L'unité que nous cherchons n'est-elle pas dans cette angoisse ? C'est peut-être une des choses que nous avons en commun que d'avoir peur, ne sachant quel est l'« après », et d'avoir imaginé, pour éliminer cette obsession. Reste qu'avant de mourir je vis, et comme je suis le seul à le savoir, il me faut transformer cette angoisse spontanée que tous ressentent en un moteur pour ne pas perdre le temps qu'il me reste à vivre.

Savoir qu'un jour je serai mort n'a pas grande importance pour moi ; cela n'a pas de sens, il n'y aura pas de sujet au verbe être. J'aime mieux dire que la vie qui m'est donnée aura une fin. Quelle en sera la date ? Comment vais-je la percevoir ? Je n'en sais rien et je ne peux pas aller plus loin. L'unité est dans l'attitude de construction avant de mourir.

PIERRE : Je suis très impressionné que vous disiez : « Je sais que ce que je suis aura une fin. » C'est ce qui fera notre grande divergence intellectuelle. Comment pourrais-je penser que mon « je », malgré tout ce qu'il a d'égoïste et de contraire à l'unité, ce « moi », qui pense, qui Aime, qui est Aimé, cet « unique », cessera d'être ? Il a bien fallu qu'il y ait, appelons cela comme on le veut, création de ce « je ». Il n'a pas été créé dans le corps ; papa et maman se sont unis, il y avait ce qu'il fallait pour mettre en route un petit enfant. Mais, pour qu'à l'intérieur de cette nouvelle combinaison de matière, il y ait ce petit truc indéfinissable que nous connaissons et que nous avons contribué à fabriquer tout au long des événements de l'existence, nos langages divergeront, mais il y a un fait, qui n'est plus de l'ordre du cosmos : ce n'était pas, et cela a été. C'est capital : il n'y avait pas de précomposant ; tel que c'est, c'est vraiment sorti de rien. Il est impensable pour moi que cette force éternelle s'amuse à faire exister quelque chose d'incomparable, qui vaut plus que tout le cosmos réuni. Comme le dit Pascal, « alors même que la nature m'écraserait, je suis plus que la nature, parce que je sais que je meurs et la nature n'en sait rien ». Pour moi, ce serait l'absurdité absolue que cet Éternel que je suis porté à penser infiniment sage, même quand nous trouvons qu'il perd la tête en nous laissant libres de faire des horreurs, joue à faire surgir du néant un « moi », pour, qu'une fois ses mécanismes corporels usés, ce « moi » cesse d'être. La phrase d'Einstein, « Dieu ne joue pas aux dés », rejoint ma question. Faire sortir des polichinelles pour les remettre au placard du néant m'est inconcevable. A partir du moment où Dieu fait des personnages qui peuvent avoir un rapport à Lui, c'est pour sentir fortement un appel à contribuer au « un » par un Amour tel qu'il n'y aurait plus d'égoïsme. Un Amour suffisant pour savoir que la Terre surabonde de fécondité, que ce qui lui manque, ce sont des consommateurs solvables. L'argent aurait peut-être bien pu être un moyen de régulariser l'échange, à condition que sa destinée soit le partage. Aujourd'hui, la possession, l'accaparement empêchent le partage. Que l'Éternel ait fait exister un, puis des milliards d'êtres aptes à percevoir la valeur de l'Amour, du dépassement de soi pour la communion, l'union, pour finalement effacer cela d'un coup de gomme est un non-sens. Je crois absolument à la réalité de la souffrance humaine ; de la mort vécue par le Christ. Celle de la Résurrection ne me pose aucun problème. Aux prédicateurs, je dis : « Du calme quand vous faites des sermons à faire pleurer tout le monde sur les souffrances de Notre Seigneur ; elles sont loin de ce que peuvent être les pires souffrances. » Les souffrances de Notre Seigneur ont duré moins de vingt-quatre heures. Les détenus qui devenaient des squelettes dans les camps sans jamais une lettre des leurs ont souffert, pour certains, des années. Au moment de la mort, les peintures du Moyen Age évoquent les feux, les fourches, les diablotins. C'est bien plus terrible du point de vue de l'Évangile. Au moment de ce que j'appelle la sortie de l'ombre, car, au fond, nous vivons dans l'ombre, nous nous découvrons tels que nous nous sommes faits. Il y a pratiquement deux possibilités. Nous avons pu nous faire suffisants : « Je veux avoir, ma fortune, ma carrière, moi. » La foi ne nous a jamais dit d'aucun être qu'il est damné ; s'il en est, c'est bien plus terrible que tous les feux. C'est : « Tu as voulu être suffisant ? Eh bien ; suffis-toi ! Passe l'éternité à te regarder dans la glace. Tu es, mais tu n'es pas communiant ! » Et il y a les communiants. Il ne s'agit pas du sacrement eucharistique du chrétien. Cela veut dire passer le relais l'ayant reçu et ayant cherché à l'améliorer avant de le transmettre. Pour moi, c'est cela, le Jugement : c'est la constatation ; la lumière. Je me vois sans tricherie. Nous avons tous quelque chose de suffisant ; mais nous voyons ce qui a prédominé. Si la suffisance a prédominé, nous sommes, entendant : « suffis-toi » ; si c'est la communion : « viens ».

HÉLÈNE : C'est parce que nous avons la suffisance que nous avons la trouille ?

PIERRE : Exactement.

HÉLÈNE : Vous dites que ce qui nous a faits ne peut pas ne pas avoir eu une finalité qui serait un commencement, ce commencement étant une entrée en communion. N'est-ce pas là une forme de suffisance ? Il est confortable d'avoir la certitude qu'au moins à mon échelle j'aurai cet accès. Le sens de la vie peut aussi être la vie elle-même, basée sur le pari que nous ne serons pas assez stupides pour ne pas faire en sorte qu'il y ait un avenir du genre humain.

PIERRE : De même que le « je » de chaque être du genre humain est indécomposable, l'humanité en communion, à supposer qu'elle se fasse, est faite de ces personnes qui ne pouvaient cesser d'être. Je ne conçois pas la possible disparition de ceux qui ont été communiants de leur mieux depuis le premier jour des ombres du temps. Je vois l'humanité dans les ombres du temps et hors du temps : les milliards d'hommes n'ont pas été faits pour disparaître. Je me disais : « Quatre-vingt-dix ou cent milliards d'êtres humains, ça fait beaucoup de monde. Comment se débrouille-t-"Il" pour les caser ? » Depuis que j'ai entendu parler de milliards de galaxies avec chacune deux milliards de soleils et pour chaque soleil des planètes, je n'ai plus d'embarras de cet ordre. D'autant moins que, dans l'Apocalypse, il est dit : « Terre nouvelle et Cieux nouveaux. » Nous serons corps et âme les mêmes êtres humains, car nous croyons en la résurrection des corps : deux époux, deux amis qui se sont aimés très fort ne vont pas seulement retrouver une âme. Au moment où l'humanité arrivera à sa fin, qui peut soit être apocalyptique, dislocation de ce cosmos, soit réussite, éblouissante, merveilleuse qui touche déjà l'au-delà du temps où tous les êtres capables d'Aimer s'Aiment, la résurrection des corps nous est dite. Il faut concevoir ce « je » lié au mouvement de la matière, en étant conscients que nous avons à apprendre à Aimer de mieux en mieux, et à le faire passer à travers l'économie, la politique, la littérature, la philosophie et les sciences. A partir de cette conscience, la vie prend un sens, qui, pour moi, va au-delà.

ALBERT : Au fond, il y a deux notions de la mort complètement différentes. La mort individuelle, et la mort collective de l'espèce. L'espèce humaine apparaît sur la Terre 15 milliards d'années après le Big Bang ; comme toutes les espèces, sa durée sera limitée à quelques centaines de millions d'années. Il y aura forcément un changement de climat, un événement quelconque qui rendra la Terre incompatible avec l'espèce humaine. Ce sera sa disparition. Si j'ai bien compris, vous dites que le Cosmos sera différent à cause du passage de cette espèce-là sur une planète. Mais, dans quelques milliards d'années, la Terre disparaîtra. Quant au Cosmos lui-même, on ne sait pas trop son devenir ultime dans quelques dizaines de milliards d'années, et, au fond, la question n'a aucun sens. Peut-on affirmer que, définitivement, ce qui a rendu possible sur Terre des individus capables de dire « je », une collectivité humaine qui, génération après génération, accumule des idées, transforme le monde autour d'elle, puisse un beau jour s'arrêter ? Si l'on écoute Sartre, c'est absurde, mais ça est. Si l'on écoute l'abbé Pierre, on dit : c'est impossible. Moi, je ne sais pas.

PIERRE : Pour moi, il n'est pas pensable que la multitude d'actes de milliards de personnes humaines parmi lesquelles il y a eu des salauds et des quantités d'actes d'Amour simple, il n'est pas possible que le moindre des actes d'Amour de la plus inconnue des personnes soit pour rien, même si passer le témoin est déjà un acte de communion. C'est à la fois de ma responsabilité personnelle et celle de ceux avec lesquels je fais groupe. Nous ne sommes pas isolés ; nous entraînons avec nous. Une partie du courant le fait en le freinant, en le faisant divaguer, une autre l'aide à suivre sa route. En même temps que ce côté collectif, collégial, communautaire, il existe celui de la personne. Il pourrait y avoir échec du Tout. Ce n'est pas possible que les actes de bonté, d'amour, de dévouement, d'abnégation qui ont existé au long des millénaires aient été pour rien. Je les vois comme ce qui permet d'espérer la réussite du monde de la justice, du partage, de la bonté. Nous savons qu'il pourrait réussir, et c'est pour cela que nous bûchons. Et puisqu'il peut rater, il n'est pas concevable que les actes de ceux qui ont lutté, ont donné leur vie, leur être pour les autres, aient été destinés à tomber dans le rien. Il y a tant d'intelligence dans ce Cosmos qui finalement aboutit à notre cerveau et à notre Amour qu'il est impossible qu'elle ne mène nulle part. Si nous ne pouvons rien prouver, beaucoup de raisonnements peuvent aider à montrer que ce n'est pas une pensée irrationnelle. Il est impossible que ceux qui se sont fait torturer sans donner le nom des copains l'aient fait pour une humanité qui, éventuellement, pourrait rater.

ALBERT : Rater, on comprend ce que cela veut dire : le suicide collectif. Une bonne guerre, et l'humanité disparaît stupidement. Réussir ne sera jamais un état définitif. Il faudra toujours le remettre sur le chantier. On ne peut pas dire : « Un jour, l'humanité aura enfin réussi. » On peut dire que, dans la mesure de nos moyens, l'humanité aura le plus longtemps possible évité de rater. Ce que j'ai à faire est en tout cas d'éviter qu'elle rate aujourd'hui par ma faute ou celle de mes « petits camarades ». Il faut garder et alimenter une dynamique vers ce non-ratage ou cette réussite, plutôt que d'espérer atteindre un beau jour la Jérusalem céleste. Je me sens justifié d'avoir pour objectif de vie des échéances assez courtes. C'est pour le siècle prochain que j'ai à construire des utopies. Au fond, dans cent mille ans, cela ne me concerne plus. Ici, je suis content d'être mortel ; j'ai des enfants, des petits-enfants, cela me fait déjà un petit siècle d'avenir dans lequel je sens que j'ai une responsabilité concrète, charnelle, qui sera un bonheur de vivre. C'est la possibilité, au cours du siècle dans lequel je suis, de vivre, de faire vivre, en évitant le pire tout en m'approchant, sans jamais l'atteindre, d'une humanité qui aurait réussi. Le morceau d'humanité à ma portée justifie un dynamisme et des engagements.

PIERRE : Si ce grand Tout cosmique, dont nous sommes la perle parce que nous sommes responsables d'Aimer, voit le jour, ce sera la réussite du « un » dans la diversité. Le « un » n'est pas la confusion ni les êtres pensants absorbés dans une conscience universelle et finalement anonyme. S'il n'y a pas autodestruction parce que nous sommes trop bêtes, c'est le « un », dont la valeur est très fortement ressentie, qui gagnera. Je me tiens dans une position de réalisme. Rien ne peut empêcher un fait : même sans la cupidité des capitalistes et la volonté de domination des militaires, l'humanité technique est capable de produire surabondamment. Mais il n'y a pas de solvabilité des consommateurs qui ont besoin de manger ce que jettent les paysans parce qu'eux aussi ont besoin de vivre. Ils sont la moitié de l'humanité. Nous sommes entrés dans une époque où les foules s'offrent à travailler en Extrême-Orient pour quatre sous, sans congés payés ni Sécurité sociale, et voici qu'après la dislocation soviétique, des ingénieurs, aussi compétents que les plus compétents parmi les Européens et les Américains, viennent se vendre en sachant qu'ils seront payés à Hong Kong ou à Singapour dix fois plus que ce qu'on leur propose à Moscou. Il y a là-bas de la main-d'œuvre, de la matière grise, et, dans bien des cas, de la matière première. Ce fait nouveau est planétaire. Nous aurons à passer une génération horriblement difficile techniquement, économiquement, moralement. Mais mon espérance, et je sais qu'elle commence à se manifester au Japon, est que ces travailleurs qui nous ruinent en acceptant d'être mal payés apprendront à se mettre en grève et vivront leur histoire. Une régulation se fera. Mais nous allons vivre une période durant laquelle il y aura des exploités pas encore sûrs de bouffer, et ce monde en pleine décadence comme l'Empire romain. Progressivement, une compensation interviendra et l'objet fabriqué à Singapour deviendra aussi cher que s'il était fabriqué à Paris.

Hélène : Je voudrais que vous ayez tort. D'abord, parce qu'on n'a pas le droit de désespérer une génération d'avoir une vraie place, ça tue l'avenir. Autre raison, on produit aujourd'hui dans le Tiers Monde avec une pollution que l'on n'accepterait pas dans nos pays parce que notre opinion publique a obtenu des lois. Or, la pollution vaut pour l'ensemble de la planète, et pour les générations à venir.

Pierre : On connaît des industries anglaises ou françaises qui, tout bien calculé, ont dépensé des milliards pour transporter une usine et produisent la même qualité moitié moins cher, sachant qu'elles auront récupéré cet argent en dix ans. La pollution est un problème réel aussi important que les revendications de salaires ou sociales. Il faut que nous dépensions notre énergie à penser des raisons d'être et de vivre pour les filles et les garçons qui devront traverser la phase intermédiaire. Nous sommes entre les deux : ce peut être déshumanisant, ou humanisant. Partant des déséquilibres des données économiques fondamentales du monde, ce ne peut pas être une construction telle qu'elle a été conçue dans la période de l'industrialisation ; ce qui est à inventer est d'une tout autre nature. C'est une question de partage, d'épanouissement de l'homme. Nous avons connu une période où l'invention signifiait découvrir un lieu où l'on trouvait des mines utiles, construire des corons et des cages à lapin par milliers. On sait que c'est terminé pour une ou deux générations. Il faut trouver d'autres moyens. Un compagnon disait : « Est-ce que l'on ne peut pas imaginer de réhumaniser des localités où il y a de la terre ? » Il y a deux buts. D'abord, commencer à produire une autosuffisance alimentaire pour la famille, et avoir la fierté d'être utile, de mouiller sa chemise pour quelque chose. Il faut revitaliser une partie de la Terre qui dépend de nous. Même si le père, le grand frère qui a des diplômes sont chômeurs, je dis aux jeunes : tant que vous êtes scolaires ou apprentis, bûchez. Quand il faudra demain prendre des responsabilités d'adultes pour inventer et choisir le meilleur dans la conjoncture à laquelle on ne peut pas se dérober, vous ne serez écoutés, vous n'aurez d'autorité morale que si vous êtes le meilleur mécanicien ou le meilleur avocat de la région. Tout le monde peut être le plus qu'il est capable d'être. Même si vous n'avez pas la perspective certaine d'avoir une place au bout de l'apprentissage, travaillez pour devenir des hommes. Pour avoir une voix écoutée, il vous faut avoir appris à parler. Pour que l'on accepte d'écouter votre parole, il vous faut être compétents dans votre travail : si vous êtes des « bons », vous serez des « libres », et vous aurez du poids. Pour quel monde travaillons-nous ? Il y a celui-ci à la phase où il est.

ALBERT : Pour moi, placer le monde dans une perspective d'éternité est un faux concept. Le présent a une valeur en soi ; surtout quand il prépare demain. Imaginer des demains sans limites n'a pas plus de sens que le mot « infini » ; l'éternité est très reliée à ce concept. Je suis responsable d'un aujourd'hui qui prépare un demain vivable. On ne fait pas le bonheur des enfants thaïlandais en leur permettant de gagner leur vie en travaillant quinze heures par jour. Ils n'étaient pas plus malheureux avant, quand ils n'avaient pas ce travail. Ces enfants peuvent gagner leur vie autrement qu'en fabriquant des produits qui ruinent les ouvriers français, et dont ils ne profiteront pas. Tout le monde y perd, sauf quelques trafiquants.

PIERRE : Ceux qui sont venus s'installer ne sont pas venus donner du travail, mais prendre le travail. Il ne faut pas l'oublier : dans ces pays, la rafle de la période coloniale a détruit l'agriculture familiale pour produire du caoutchouc, du coton dont ils n'avaient aucun besoin, pour l'importer ici et nourrir les populations avec des boîtes de conserve envoyées de chez nous. Nous fabriquons des élites indigènes copiées sur notre schéma en pleine crise. Elles rêvent de le reproduire. Nous fabriquons des Mobutu, qui mériteraient un tribunal de Nuremberg de l'ONU.

ALBERT : Nous avons le devoir d'interrompre cette logique. Le problème est qu'elle est installée en profondeur ; elle nous baigne en permanence. « On est les meilleurs. » Nous sommes en train de vivre l'acceptation de l'inacceptable. Comment lutter contre ?

Pourquoi ?

PIERRE : J'ai toujours vécu dans l'imprudence, et j'ai accepté cette discussion par imprudence, en ayant parfaitement conscience de mon incompétence. J'avais cette même conscience quand j'ai été appelé à être député. Être conscient de son incompétence est aussi un moyen d'être libre, imaginatif et modérément insolent. Si l'on veut être efficace, il faut avoir cet instinct de modérer son insolence. Comme une maman qui a grondé trois fois son gamin et le voit recommencer la même sottise sans l'enguirlander encore, le prend quand il est reposé, et lui dit : « Tu sais, je ne suis pas idiote. » Il y a aussi des moments où l'on crache tout, où on a tendance à se faire plaisir en oubliant de se préoccuper avant tout d'être efficace. Pour l'être, il faut d'abord tenter d'oser : jusqu'où puis-je aller avec ce quidam, ou cet autre-là, tel qu'il est différent de mon voisin ? Il me faut m'appliquer à la fois à une parole générale, et à des actions ponctuelles. Ce qui est important n'est pas ce que l'on dit, mais ce que les gens entendent. L'essentiel est de penser et de nous obliger à communiquer des tâtonnements, de très modestes bégaiements. Il ne faut pas s'imaginer qu'une discussion puisse donner des recettes. Par contre, on peut y trouver une recherche d'âme, car c'est en fonction d'une âme que l'on ne gaffera pas trop et que l'on se donnera du mal pour soigner les éclopés de cette période de bataille. Plus que des stratèges, nous sommes des brancardiers. Il est trop beau de parler de ce qui ne fera pas souffrir quand quelqu'un ou une société a besoin d'une opération qui doit atteindre les puissants, les possédants, mais qui, inévitablement aussi, fait passer sur la table d'opération la totalité des êtres humains qui faisaient la vie économique d'une partie du monde. Il faut aider les victimes ; inventer avec elles des solutions. Si l'on devait retomber du droit, à la charité des siècles passés, ce serait une capitulation. Ne nous faisons pas d'illusions : pour les quarante millions de chômeurs de l'Europe de demain, il s'agira de solutions de transition dans cette période durant laquelle ce système est en train de se désagréger comme un cadavre. Il faut souhaiter que ce système disparaisse ; ne rien faire pour le soutenir. Mais il ne disparaîtra que par nécessité, par coups de pied au derrière, et non pas par une conversion des brasseurs d'affaires de la Bourse à saint François d'Assise. S'il faut donner ces coups de pied, encore faut-il le faire de manière efficace à la bonne heure. Les jacqueries font du bien sur le moment, mais elles s'accompagnent d'un terrible sentiment d'inefficacité et, finalement, elles font régresser un peu plus ce pouvoir de révolte. Nous sommes tous restés « babas » devant la dislocation de l'Empire soviétique, mais, nous, les gens de l'Ouest, nous découvrons aussi que quand le vilain méchant que l'on rendait responsable de tout ce qui allait mal, y compris de la course aux armements, n'est plus là, nous sommes tout seuls à nous regarder dans la glace, obligés de voir que nous sommes aussi de vilains méchants. C'est une des raisons d'être de notre dialogue. L'autre ne serait pas devenu haïssable si nous ne l'avions pas été. La confiance des masses qui le suivaient n'existait que pour fuir notre propre tyrannie. Le vilain est la société dans laquelle nous sommes nés, et que, peut-être, nous avons tolérée trop passivement.

ALBERT : Je sais combien il est difficile d'être sincère. Je définis à peu près mon utopie pour le siècle prochain : un monde où l'on aura abandonné le règne de l'argent absolu et l'idée faisant de la compétition le moteur du progrès humain. Un monde où l'on reconnaîtra la valeur de chaque individu, quel qu'il soit ; où le concept de racisme aura complètement disparu. Ayant compris la richesse de l'autre en même temps que la difficulté et la nécessité de vivre avec l'autre, on aura commencé à s'affranchir des frontières par une mise en commun plus large ; par une définition moins géographique des collectivités. En l'espace d'un siècle, on peut imaginer des entités non plus les unes à côté des autres, mais solidaires, où je me sentirai à la fois citoyen du monde, européen, méditerranéen et français. Tout cela n'est certainement pas réalisable rapidement, mais les efforts actuels d'Israël et de la Palestine prouvent que des changements sont possibles dans les rapports entre les peuples. Pourquoi pas ? Au cœur de tout cela, la lutte contre la violence pourrait impulser tous les changements. C'est ma dynamique. Peut-être la sincérité est-elle contagieuse ? En tout cas, son exercice est un moteur que nous espérons bien transmettre.

HÉLÈNE : Il faut donc passer de la tolérance à la création, et de l'invention à la construction ?

PIERRE : Absolument. Il ne s'agit pas de répéter la construction d'hier. « Absolu », ce mot n'évoque-t-il pas le non-soluble, le non-décomposable parce que non composé ? « Ab », c'est négatif. Absolu, c'est le « un » !

ALBERT : C'est un élan.

Table

DES MÊMES AUTEURS

Abbé Pierre

Le Dossier Mulinaris
(plaidé par l'abbé Pierre)
Centurion, 1985

L'Abbé Pierre :
Emmaüs ou Venger l'homme…
en aimant
(en collaboration avec Bernard Chevalier)
LGF, « Le Livre de poche », 1987
nouv. éd. actualisée, Centurion, 1987

Cent Poèmes contre la misère
(anthologie réunie par l'abbé Pierre)
Cherche-Midi, 1988

La Voix des hommes sans voix :
paroles de l'abbé Pierre
(présentation par Michel Quoist)
Éditions ouvrières, 1990

Miettes de Vie
Éditions Le Livre ouvert, 1991

Amour, toujours !
(entretiens avec Hélène Amblard)
Seuil, « Point-Virgule », 1992

Dieu et les Hommes
(dialogues avec Bernard Kouchner,
recueillis par Michel-Antoine Burnier)
Laffont, 1993

Testament…
Bayard Éditions, 1994

Albert jacquard

Structures génétiques
des populations
Masson, 1970

Les Probabilités
PUF, 1974
et « Que sais-je ? » , 1992

Génétique
des populations humaines
PUF, 1974

L'Études des isolats.
Espoirs et limites
(sous la direction d'Albert Jacquard)
PUF-INED, 1976

Concepts en génétique
des populations
Masson, 1977

Éloge de la différence
Seuil, « Points Sciences », 1981

Moi et les Autres
Seuil, « Point-Virgule », 1983

Au péril de la science ?
Seuil, « Points Sciences », 1984

Inventer l'homme
Éditions Complexe, Bruxelles, 1984
et « Complexe poche », 1991

L'Héritage de la liberté
Seuil, « Science ouverte », 1986
et « Points Sciences », 1991

Cinq Milliards d'hommes
dans un vaisseau
Seuil, « Point-Virgule » , 1987

Les scientifiques parlent…
(sous la direction d'Albert Jacquard)
Hachette, « La force des idées », 1987

Abécédaire de l'ambiguïté
Seuil, « Point-Virgule », 1989

Moi, je viens d'où ?
Seuil, « Petit Point », 1989

C'est quoi l'intelligence ?
Seuil, « Petit Point », 1989

Idées vécues
(en collaboration avec Hélène Amblard)
Flammarion, 1989
et « Champs », 1991

Tous pareils, tous différents
(en collaboration avec Jean-Marie Poissenot)
Nathan, 1991

La Légende de la vie
Flammarion, 1992

Deux Sacrés Grumeaux d'étoiles
(en collaboration avec Pef)
Éditions de la Nacelle, 1992

Voici le temps du monde fini
Seuil, « Points Essais », 1993

Un monde sans prisons ?
(avec la contribution d'Hélène Amblard)
Seuil, « Point-Virgule », 1993

E = CM2

Seuil, « Petit Point », 1993

L'Utopie ou la Mort

Canevas, 1993

L'Explosion démographique

Flammarion, 1993

Qu'est-ce que l'hérédité ?

Grancher, 1993

RÉALISATION : PAO ÉDITIONS DU SEUIL
IMPRESSION : B.C.I. À SAINT-AMAND (CHER)
DÉPÔT LÉGAL : SEPTEMBRE 1995. N° 25812 (4/652)

Collection Points

DERNIERS TITRES PARUS

R680. Les Sept Solitudes de Lorsa Lopez
par Sony Labou Tansi
R681. Le Bout du rouleau, *par Richard Ford*
R682. Hygiène de l'assassin, *par Amélie Nothomb*
R683. Le Crime des pères, *par Michel del Castillo*
R684. Les Adieux, *par Dan Franck*
R686. Annam, *par Christophe Bataille*
R687. L'Homme de la passerelle, *par Isabelle Jarry*
R688. Bambini, *par Bertrand Visage*
R689. Nom de code : Siro, *par David Ignatius*
R690. Paradis, *par Philippe Sollers*
R693. Rituels, *par Cees Nooteboom*
R694. Félidés, *par Akif Pirinçci*
R695. Le Trouveur de feu, *par Henri Gougaud*
R696. Dumala, *par Eduard von Keyserling*
P1. Cent Ans de solitude, *par Gabriel García Márquez*
P2. Le Chevalier inexistant, *par Italo Calvino*
P3. L'Homme sans qualités, tome 1, *par Robert Musil*
P4. L'Homme sans qualités, tome 2, *par Robert Musil*
P5. Le Monde selon Garp, *par John Irving*
P6. Les Désarrois de l'élève Törless, *par Robert Musil*
P7. L'Enfant de sable, *par Tahar Ben Jelloun*
P8. La Marche de Radetzky, *par Joseph Roth*
P9. Trois Femmes *suivi de* Noces, *par Robert Musil*
P10. Un Anglais sous les tropiques, *par William Boyd*
P11. Grand Amour, *par Erik Orsenna*
P12. L'Invention du monde, *par Olivier Rolin*
P13. Rastelli raconte..., *par Walter Benjamin*
P14. Ce qu'a vu le vent d'ouest, *par Fruttero & Lucentini*
P15. L'Appel du crapaud, *par Günter Grass*
P16. L'Appât, *par Morgan Sportès*
P17. L'Honneur de Saint-Arnaud, *par François Maspero*
P18. L'Héritage empoisonné, *par Paul Levine*
P19. Les Égouts de Los Angeles, *par Michael Connelly*
P20. L'Anglais saugrenu, *par Jean-Loup Chiflet*
P21. Jacques Chirac, *par Franz-Olivier Giesbert*
P22. Questions d'adolescents, *par Christian Spitz*
P23. Les Progrès du progrès, *par Philippe Meyer*
P24. Le Paradis des orages, *par Patrick Grainville*
P25. La Rage au cœur, *par Gérard Guégan*
P26. L'Homme flambé, *par Michael Ondaatje*

P27. Ça n'est pas pour me vanter, *par Philippe Meyer*
P28. Notre homme, *par Louis Gardel*
P29. Mort en hiver, *par L. R. Wright*
P30. L'Exposition coloniale, *par Erik Orsenna*
P31. La Dame du soir, *par Dan Franck*
P32. Le Monde du bout du monde, *par Luis Sepúlveda*
P33. Brazzaville Plage, *par William Boyd*
P34. Les Nouvelles Confessions, *par William Boyd*
P35. Comme neige au soleil, *par William Boyd*
P36. Hautes Trahisons, *par Félix de Azúa*
P37. Dans la cage, *par Henry James*
P38. L'Année du déluge, *par Eduardo Mendoza*
P39. Pluie et Vent sur Télumée Miracle
par Simone Schwarz-Bart
P40. Paroles malvenues, *par Paul Bowles*
P41. Le Grand Cahier, *par Agota Kristof*
P42. La Preuve, *par Agota Kristof*
P43. La Petite Ville où le temps s'arrêta, *par Bohumil Hrabal*
P44. Le Tunnel, *par Ernesto Sabato*
P45. La Galère : jeunes en survie, *par François Dubet*
P46. La Ville des prodiges, *par Eduardo Mendoza*
P47. Le Principe d'incertitude, *par Michel Rio*
P48. Tapie, l'homme d'affaires, *par Christophe Bouchet*
P49. L'Homme Freud, *par Lydia Flem*
P50. La Décennie Mitterrand
1. Les ruptures
par Pierre Favier et Michel Martin-Roland
P51. La Décennie Mitterrand
2. Les épreuves
par Pierre Favier et Michel Martin-Roland
P52. Dar Baroud, *par Louis Gardel*
P53. Vu de l'extérieur, *par Katherine Pancol*
P54. Les Rêves des autres, *par John Irving*
P55. Les Habits neufs de Margaret
par Alice Thomas Ellis
P56. Les Confessions de Victoria Plum, *par Anne Fine*
P57. Histoires de faire de beaux rêves, *par Kaye Gibbons*
P58. C'est la curiosité qui tue les chats, *par Lesley Glaister*
P59. Une vie bouleversée, *par Etty Hillesum*
P60. L'Air de la guerre, *par Jean Hatzfeld*
P61. Piaf, *par Pierre Duclos et Georges Martin*
P62. Lettres ouvertes, *par Jean Guitton*
P63. Trois Kilos de café, *par Manu Dibango*
en collaboration avec Danielle Rouard
P64. L'Ange aveugle, *par Tahar Ben Jelloun*
P65. La Lézarde, *par Édouard Glissant*

P66. L'Inquisiteur, *par Henri Gougaud*
P67. L'Étrusque, *par Mika Waltari*
P68. Leurs mains sont bleues, *par Paul Bowles*
P69. Contes d'amour, de folie et de mort, *par Horacio Quiroga*
P70. Le vieux qui lisait des romans d'amour *par Luis Sepúlveda*
P71. Rumeurs, *par Jean-Noël Kapferer*
P72. Julia et Moi, *par Anita Brookner*
P73. Déportée à Ravensbruck *par Margaret Buber-Neumann*
P74. Meurtre dans la cathédrale, *par T. S. Eliot*
P75. Chien de printemps, *par Patrick Modiano*
P76. Pour la plus grande gloire de Dieu, *par Morgan Sportès*
P77. La Dogaresse, *par Henri Sacchi*
P78. La Bible du hibou, *par Henri Gougaud*
P79. Les Ivresses de Madame Monro, *par Alice Thomas Ellis*
P80. Hello, Plum !, *par Pelham Grenville Wodehouse*
P81. Le Maître de Frazé, *par Herbert Lieberman*
P82. Dans la peau d'un intouchable, *par Marc Boulet*
P83. Entre le ciel et la terre, *par Le Ly Hayslip (avec la collaboration de Charles Jay Wurts)*
P84. Sur la route des croisades, *par Jean-Claude Guillebaud*
P85. L'Homme sans postérité, *par Adalbert Stifter*
P86. Le Nez de Mazarin, *par Anny Duperey*
P87. L'Alliance, tome 1, *par James A. Michener*
P88. L'Alliance, tome 2, *par James A. Michener*
P89. Regardez-moi, *par Anita Brookner*
P90. Si par une nuit d'hiver un voyageur, *par Italo Calvino*
P91. Les Grands Cimetières sous la lune, *par Georges Bernanos*
P92. Salut Galarneau !, *par Jacques Godbout*
P93. La Barbare, *par Katherine Pancol*
P94. American Psycho, *par Bret Easton Ellis*
P95. Vingt Ans et des poussières, *par Didier van Cauwelaert*
P96. Un week-end dans le Michigan, *par Richard Ford*
P97. Jules et Jim, *par François Truffaut*
P98. L'Hôtel New Hampshire, *par John Irving*
P99. Liberté pour les ours !, *par John Irving*
P100. Heureux Habitants de l'Aveyron et des autres départements français, *par Philippe Meyer*
P101. Les Égarements de Lili, *par Alice Thomas Ellis*
P102. Le Maître d'escrime, *par Arturo Pérez-Reverte (à paraître)*
P103. Cadavres incompatibles, *par Paul Levine*
P104. La Rose de fer, *par Brigitte Aubert*
P105. La Balade entre les tombes, *par Lawrence Block*
P106. La Villa des ombres, *par David Laing Dawson*
P107. La Traque, *par Herbert Lieberman*

P108. Meurtres à cinq mains, *par Jack Hitt avec Lawrence Block, Sarah Caudwell, Tony Hillerman, Peter Lovesey, Donald E. Westlake*
P109. Hygiène de l'assassin, *par Amélie Nothomb*
P110. L'Amant sans domicile fixe *par Carlo Fruttero et Franco Lucentini*
P111. La Femme du dimanche *par Carlo Fruttero et Franco Lucentini*
P112. L'Affaire D., *par Charles Dickens, Carlo Fruttero et Franco Lucentini*
P113. La Nuit sacrée, *par Tahar Ben Jelloun*
P114. Sky my wife ! Ciel ma femme !, *par Jean-Loup Chiflet*
P115. Liaisons étrangères, *par Alison Lurie*
P116. L'Homme rompu, *par Tahar Ben Jelloun*
P117. Le Tarbouche, *par Robert Solé*
P118. Tous les matins je me lève, *par Jean-Paul Dubois*
P119. La Côte sauvage, *par Jean-René Huguenin*
P120. Dans le huis clos des salles de bains, *par Philippe Meyer*
P121. Un mariage poids moyen, *par John Irving*
P122. L'Épopée du buveur d'eau, *par John Irving*
P123. L'Œuvre de Dieu, la Part du Diable, *par John Irving*
P124. Une prière pour Owen, *par John Irving*
P125. Un homme regarde une femme, *par Paul Fournel*
P126. Le Troisième Mensonge, *par Agota Kristof*
P127. Absinthe, *par Christophe Bataille*
P128. Le Quinconce, vol. 1, *par Charles Palliser*
P129. Le Quinconce, vol. 2, *par Charles Palliser*
P130. Comme ton père, *par Guillaume Le Touze*
P131. Naissance d'une passion, *par Michel Braudeau*
P132. Mon ami Pierrot, *par Michel Braudeau*
P133. La Rivière du sixième jour (Et au milieu coule une rivière) *par Norman Maclean*
P134. Mémoires de Melle, *par Michel Chaillou*
P135. Le Testament d'un poète juif assassiné *par Elie Wiesel*
P136. Jésuites, 1. Les conquérants *par Jean Lacouture*
P137. Jésuites, 2. Les revenants *par Jean Lacouture*
P138. Soufrières, *par Daniel Maximin*
P139. Les Vacances du fantôme, *par Didier van Cauwelaert*
P140. Absolu, *par l'Abbé Pierre et Albert Jacquard*
P141. En attendant la guerre, *par Claude Delarue*
P142. Trésors sanglants, *par Paul Levine*
P143. Le Livre, *par Les Nuls*
P144. Malicorne, *par Hubert Reeves*